中/华/少/年/信/仰/教/育/读/本

红色娘子军

中华少年信仰教育读本编写委员会 / 编著

信仰创造英雄　信仰照亮人生

 中国出版集团有限公司

 世界图书出版公司
北京　广州　上海　西安

图书在版编目（CIP）数据

红色娘子军 / 中华少年信仰教育读本编写委员会编著. — 北京：世界图书出版公司，2016.5（2024.5 重印）
ISBN 978-7-5192-0854-7

Ⅰ. ①红⋯　Ⅱ. ①中⋯　Ⅲ. ①革命故事—作品集—中国—当代　Ⅳ. ① I247.8

中国版本图书馆 CIP 数据核字 (2016) 第 049528 号

书　　名	红色娘子军 HONGSE NIANGZIJUN	
编　　著	中华少年信仰教育读本编写委员会	
总 策 划	吴　迪	
责任编辑	梁沁宁	
特约编辑	金敬梅	
出版发行	世界图书出版有限公司北京分公司	
地　　址	北京市东城区朝内大街 137 号	
邮　　编	100010	
电　　话	010–64033507（总编室）　（售后）0431–80787855　13894825720	
网　　址	http://www.wpcbj.com.cn	
邮　　箱	wpcbjst@vip.163.com	
销　　售	新华书店及各大平台	
印　　刷	北京一鑫印务有限责任公司	
开　　本	165 mm×230 mm　1/16	
印　　张	10.5	
字　　数	137 千字	
版　　次	2016 年 8 月第 1 版	
印　　次	2024 年 5 月第 5 次印刷	
国际书号	ISBN 978-7-5192-0854-7	
定　　价	42.00 元	

版权所有　翻印必究

（如发现印装质量问题或侵权线索，请与所购图书销售部门联系或调换）

序　言

信仰是什么？

列夫·托尔斯泰说："信仰是人生的动力。"

诗人惠特曼说："没有信仰，则没有名副其实的品行和生命；没有信仰，则没有名副其实的国土。"

信仰主要是指人们对某种理论、学说、主义或宗教的极度尊崇和信服，并把它作为自己的精神寄托和行动的榜样或指南。信仰在心理上表现为对某种事物或目标的向往、仰慕和追求，在行为上表现为在这种精神力量的支配下去解释、改造自然界和人类社会。

信仰，是一个人在任何时候都不能丢的最宝贵的精神力量。人有信仰，才会有希望、有力量，才会树立正确的价值观，沿着正确的道路前行，而不至于在多元的价值观和纷繁复杂的世界中迷失方向。

信仰一旦形成，会对人类和社会产生长期的影响。青少年是社会的希望和未来的建设者，让他们从普适意识形成之初就接受良好的信仰教育，可以令信仰更具持久性和深刻性，可以使他们在未来立足于社会而不败，亦可以使我们的伟大祖国永远立于世界民族之林。

事实上，信仰教育绝不是抽象的、概念化的教育，现实生活中，我们有无数可以借鉴的素材，它们是具体的、形象的、有形的、活生生的，甚至是有血有肉的。我们中华民族有着几千年的辉煌历史，多少仁人志士只为追求真理、捍卫真理，赴汤蹈火，前仆后继；多少文人骚客只为争取心中的一方净土，只为渴求心灵的自由逍遥，甘于寂寞，成就美名；多少爱国志士只为一个"义"字，不惜抛头颅、洒热血。他们如滚滚长江中的朵朵浪花，翻滚激荡，生生不息，荡人心魄。如果我们能继承和发扬这些精神和信仰，用"道"约束自己的行为，用"德"指导人生的方向，那么我们的文明必将更加灿烂，我们的国运必将更加昌盛。

正基于此，"中华少年信仰教育读本系列丛书"应运而生。除上述内容外，本丛书还收录了中国人民百年来反对外来侵略和压迫，反抗腐朽统治，争取民族独立和解放，前赴后继，浴血奋斗的精神和业绩，尤其是中国共产党领导全国人民为建立新中国而英勇奋斗的崇高精神和光辉业绩；不仅有中国历史上涌现出的著名爱国者、民族英雄、革命先烈和杰出人物，还有新中国成立以后涌现出的许许多多的英雄模范人物。

阅读这套丛书，能帮助青少年树立自己人生的良好的偶像观，能帮助青少年从小立下伟大的志向，能帮助青少年培养最基本的向善心，能帮助青少年自觉调节自己的行为，能帮助青少年锁定努力的方向，能帮助青少年增加行动的信心和勇气。

习近平总书记说："人民有信仰，民族才有希望，国家才有力量。"因此我们有理由相信：少年有信仰，国家必有希望。

中华少年信仰教育读本编写委员会

目录

红色娘子军 / 001

影片档案 / 001

荣誉成就 / 002

影片史料 / 002

剧情故事 / 003

影评选粹 / 017

精彩回放 / 018

大渡河 / 019

影片档案 / 019

影片史料 / 020

剧情故事 / 021

影评选粹 / 034

精彩回放 / 035

万水千山 / 036

影片档案 / 036

影片史料 / 037

剧情故事 / 037

影评选粹 / 052

精彩回放 / 053

红军桥 / 055

影片档案 / 055

影片史料 / 056

剧情故事 / 056

影评选粹 / 058

精彩回放 / 059

四渡赤水 / 060

影片档案 / 060

荣誉成就 / 061

影片史料 / 061

剧情故事 / 062

影评选粹 / 075

精彩回放 / 076

洪湖赤卫队 / 078

影片档案 / 078

荣誉成就 / 079

影片史料 / 079

剧情故事 / 080

影评选粹 / 090

突破乌江 / 092

影片档案 / 092

荣誉成就 / 093

影片史料 / 093

剧情故事 / 094

影评选粹 / 105

精彩回放 / 106

山寨火种 / 108

影片档案 / 108

荣誉成就 / 109

影片史料 / 109

剧情故事 / 110

影评选粹 / 127

精彩回放 / 128

祁连山的回声 / 129

影片档案 / 129

影片史料 / 130

剧情故事 / 130

影评选粹 / 141

精彩回放 / 142

梅岭星火 / 145

影片档案 / 145

影片史料 / 146

剧情故事 / 147

影评选粹 / 159

精彩回放 / 159

红色娘子军

向前进，向前进；战士的责任重；妇女的冤仇深……

——《娘子军连歌》

影片档案

出品：上海天马电影制片厂
编剧：梁　信
导演：谢　晋
摄影：沈西林
作曲：黄　准
主演：祝希娟　王心刚　向　梅

荣誉成就

　　海南岛五指山下，万泉河边的椰树林中，有一支妇女革命武装——红色娘子军。以此为题材的革命战争电影《红色娘子军》荣获1962年首届电影"百花奖"最佳故事片奖、最佳导演奖、最佳女演员奖、最佳男配角奖，1964年第三届亚非电影节"万隆奖"。

影片史料

　　20世纪30年代，海南岛的地方武装和国民党部队之间既有勾结，又有冲突和矛盾，劳动人民处于水深火热之中。在黑暗而混乱的年代里，地主反动武装十分猖狂，村庄之间经常发生械斗。他们

白天是所谓的"民团",晚上是土匪。广大农民群众累积了千百年的深仇大恨,纷纷起来反抗!"四一二"事件后,中国共产党的大部分力量从城市转入农村,建立组织,发动和领导武装革命。1930年,全国红军已有很大的发展,海南岛的"娘子军连"就是在这种形势下成立的。

剧情故事

一

1930年的一个夜晚,黑云乱翻,狂风怒吼,雷声隆隆。风摧残着椰林蕉丛,闪电照射着海南岛独特的山河景物。

忽然,一声枪响划破长空。一个女人从一株旅人蕉后探出了脑袋,她头发零乱,脸上有鞭痕,瘦瘦的面庞。她是一个女奴,今年十八岁,一双黑亮的大眼睛里充满仇恨,机警地四下张望着。

枪声越来越近,她一个急转身,向雨雾中逃去。一群黑衣人放着枪追过来。前边的两个恶奴打着灯笼,灯上有两个醒目的大黑字"南府"。

这时,山路上出现了两个人影,其中一个骑着高头白马,一副非富即贵的模样;另一个人挑着担子,仆人打扮。骑在马上的"主人"二十七八岁,魁梧粗犷,穿一身不太相称的漂亮西装。"男仆"十七八岁,娃娃脸,却故意装出一副成熟的姿态。

听到枪声,"主人"警觉地勒住马,仔细倾听着。然后,他对身旁的"仆人"说:"稳住!"正说着,女奴迎面飞奔过来。她仇恨地看了一眼骑在马上的人,见他们没有拦阻,便从他们身边跑过去,继续逃命。

"仆人"同情地看着女奴跑远,对主人说:"前边跑的像个丫头,后边追的一定是南霸天家的打手。""主人"若有所思地点了点头。

他们来到了椰林寨,打算从这穿过去。但寨门前站着的几个团丁向他们围了过来。其中一个镶着金牙的人高声叫道:"站住!哪来的?""仆人"放下担子回答:"广州来的。我们是华侨,回乡祭祖。"

"大金牙"眼睛盯着行李,不屑地说:"华侨?妈的,共产党密探吧!检查!"团丁们立即行动起来,争先恐后地看行李中有什么"油水"。

这个时候,打宫灯的黑衣人,正押着五花大绑的女奴,向寨子里走去。"主人"非常警觉地望了他们一眼。然后,他又轻蔑地看着正在翻箱子的"大金牙"。"大金牙"翻出一些来往书信,上面印着"洪兄松本金手亲拆",下落四个大字"陈济棠缄"。

"大金牙"并不识字,只是正反两面翻看着。随后,下面露出一捆捆的银元,"大金牙"欣喜若狂。他叫人把"主仆"二人带走,关到南霸天的刑房里。

南霸天是本县土皇帝,民团总指挥,大地主。他私设的刑房和监狱阴森恐怖,里面经常传出痛苦的呻吟声和镣铐的响声。犯人都是无辜的农民,他们骨瘦如柴,衣衫褴褛,周身刑伤,奄奄一息。

在刑房里,刚刚被

抓回来的女奴——琼花被吊在梁上，她瞪着一双大眼睛，刚强地咬着牙，忍受着恶奴头目老四的鞭挞。老四一边用公鸭嗓骂着，一边用鞭子狠狠地抽打琼花。琼花既不躲闪也不呻吟，只是不停地说："跑！看不住就跑！"

刑房的门被推开了，骑白马的"主人"和挑担子的"男仆"走进来。"大金牙"把两人推到墙根处。打得筋疲力尽的老四，扔下鞭子向他们走过来。他打量着两个"犯人"。"大金牙"说明了两人的身份，并用手比画着说他们很有钱。

其实那个骑白马的人名叫洪常青，而牵马的人叫小庞，他们都是共产党员。这次他们利用商人的身份，在白色恐怖的琼崖一带从事秘密侦查工作，不料，却陷入了南霸天的管辖区。洪常青努力地思索着接下来的对策。

"大金牙"把写有"陈济棠缄"的大信封交给南霸天。南霸天眼前一亮，说："这是个手眼通天的贵人！"随后，他吩咐手下人把常青给请来。

常青被请到非常考究的南府客房内，南霸天高高举拳过顶，说："下人无知，多有得罪。请！"洪常青摆出贵人架子，有身份又有分寸地称了声："南总指挥！"

其实，南霸天有他自己的目的，他要好好款待洪常青，准备钓住这条大鱼，利用洪常青的关系，在广州、南洋办军火。但是，洪常青也有自己的主意，他要探听到南霸天的底细，将来好狠狠地收拾一下他。

夜深人静，大家聚集到了南府的正房，准备开晚宴。客人中有一个人特别醒目，他是黄镇山，被南霸天称为"绿林英豪"。他满腰围着子弹，还插着两杆匣枪，一副气势汹汹的样子。

大家入席之后，南霸天便让手下人摆上了蛇宴，有"二龙戏珠""五蛇羹"，还有蛇胆酒，狠狠地炫耀了一把自家的财势。洪常青却冷眼看着这一切。

酒过三巡，菜过五味。南霸天说："目前，岛上只有少数中央部队。蒋总司令正在围剿大陆的共产党，这儿大都是各县的民团武装。"洪常青接过话茬说："就像戏里唱的那样：'众诸侯，分疆土，各霸一方'，这是不幸！"

黄镇山一直不满地听着他们讲话，他看了一眼洪常青，说："什么红军，只有一个团有真正的钢枪，其余的都是冷家伙！"其实，他话外有音，即有他黄镇山保你的江山，用不着再捧张三李四！

南霸天感到很尴尬，气氛顿时陷入紧张。幸亏大管家把话头一转，问起了洪常青的家事，南霸天才挽回一点面子。他笑着对洪常青说："我们今天应该同心协力。趁共产党翅膀还没长硬……"他狠毒地做了个手势，"就掐死他！"

窗外，雨后晴空如洗，洁净的天空上，衬出近在咫尺的峻岭奇峰。室内，洪常青与南霸天并肩站在窗前，显然夜宴已经散了。"多蒙仁兄错爱，为这大好河山，我们应该奋斗！"洪常青转头对南霸天说，"但是需等小弟修好宗祠，略尽子孙的一点孝心。"

正房的大门被打开，老四和恶奴押着被抓回的琼花进来了，她已经跑了两次了。南霸天不耐烦地说："赶快卖掉！"洪常青把这一切看在眼里，忽生一计，说："兄弟有一事相烦，现在家母客居广州，想买一名能讲家乡话的丫头，能否代劳？"

南霸天爽快地答应了，并顺水推舟地说："那个丫头也倒有几分灵气，是本地人，就是太烈了。既然仁兄不嫌弃，那就是她的造化。"随后，他命令大丫头给琼花收拾衣物，好叫她随行伺候。

二

第二天，洪常青告别了南霸天。小庞押着琼花与洪常青随行。她已换了一身深色花布衣，但仍被捆着双手。

他们走过了椰林寨大街，在晚霞照耀下，山路显得格外油红。常青欣喜地观察着周围：山峦，梯田，都被雨水洗得干干净净。眼前出现一条湍急的河流。"红水河！"常青长嘘一口气。小庞也高兴地说："到了红水河了！"

琼花用怀疑的目光盯着他们，不能理解这"主仆"亲密的关系。直到他们渡过红水河，来到分界岭的时候，"主仆"二人才揭下商人的面具，露出本来的面目。

常青替琼花松了绑，对她说："你自由了。"并送给她几个银毫子。琼花看着常青，消除了对他的敌意。常青问她有没有家，她沮丧地说："我没有家，我爹娘都叫南霸天害死了，所以我想当女兵，为父母报仇！"

常青点了点头，说："好吧，你现在就顺着这条道往左边去，那里是红石乡。要是编娘子军一定是在那里。"琼花由衷地感激常青。她对常青深深一鞠躬，然后转身跑了。

天色渐渐暗下来，常青、小庞走到山巅林中的空地，在一排草房前下了马。常青急切地走向正中一间房子。房中，汪师长正在吃饭。门被推开后，常青像孩子似的大叫："师长！"汪师长异常高兴地迎上去，和他亲切地握手："回来了！"

常青说："款子全带来了。"他把信件与礼帖推给师长，接着说，

"靠这些护身符,地下党出的点子,我们就化了装直穿白区!"

汪师长说:"南霸天为人非常武断,又自作聪明,并不可怕。但是他占的地形好,把我们的道路堵死了。要快点除掉他!然后全面发动群众,建立中国第一支妇女革命武装!"

夜晚,下着毛毛雨。琼花饥饿而疲惫地走在山路上。忽然,她看见山腰上有一户人家,就飞奔过去。来到屋子前,琼花想喝屋檐下的脏水。刚放到嘴边,就被一个包着布头的人制止了,他是这家主人。"别喝!"琼花不好意思地放下水,跟着那人进了屋。

进屋后,琼花警觉地盯着那人看,那人摘下头上的包布头,露出一头长发,说:"我也是妇女。"琼花放松下来,说明了自己的来意。

听说琼花正往苏区去,女人兴奋地说:"我也要去苏区。"接着,她就悲愤地说起了自己的身世。女人名叫红莲，这间茅屋是她公婆的房子，她指着一张大床说："那个人就是我的丈夫！"

顺着红莲指的方向，琼花看到一个木头刻的成年人像，有三四岁小孩那么大，仰身躺在床上，胸前还刻着"奠门符氏红莲之夫"八个字。红莲哭着说："我十岁过门，陪木头尸首过了十年了，我还算个活人吗？"

琼花第一次认真打量红莲，她是一个宽肩细腰、高大强壮的大姐。她怀着同情对红莲说："我们都没活路了，走吧！"两个女孩儿拉起手，坚定地走向远方。

一轮红日从群山背后升起，山下面有一个盆地，盆地中的一个大村庄响起锣鼓声、鞭炮声和欢呼声。万众欢腾的声音使得山鸣谷应，直上九霄。村庄里的小小"红场"上，有上千人在这里集会。

看到这一切，山头上的琼花和红莲兴奋地往山下跑。来到广场上，她们遇见了赤卫队员冯阿贵，红莲向琼花介绍说："这是阿贵哥，我的老邻居，前年跑出来的。"

在欢腾的人群前方，有一座松枝牌坊。下面，有一个小土台，这就是主席台。牌坊两旁有一副对联：实行土地革命；扩大工农红军。横额是：授旗誓师大会。

主席台上，汪师长正在讲话："现在，蒋介石反动派调动了十万白匪军，在大陆疯狂地进攻我们中央苏区，全国的工农大众都在流血斗争着。因此，党号召你们——苦难深重的妇女们，拿起枪来，向万恶的旧社会开火。现在我代表党中央，向你们，授予军旗！"

主席台前，排列着一百二十名年轻妇女组成的连队。她们已换上崭新的毛蓝军装。一位挎短枪的女连长，跑步至台前，从师长手中接过军旗，回到队伍前把军旗交给旗手。

此时，军旗在前，娘子军高唱着娘子军连连歌，迈着有力的步伐通过了主席台：

向前进，向前进，
战士的责任重，
妇女的冤仇深！
古有花木兰，
替父去从军。
今有娘子军，
扛枪为人民！
…………

眼看娘子军队伍从面前走过去了，琼花和红莲加入队尾，随娘子军走进连队驻地。

大家把眼光集中在琼花、红莲身上。连长大步走来，向琼花、红莲询问了情况。在得知她们都是来当娘子军之后，说："你们都是无产阶级，可以加入我们连。"

娘子军们听了议论纷纷，对她们这么容易就通过感到惊讶和不平。这时，汪师长、洪常青走了过来。

常青看到琼花，对汪师长说："首长，我跟您提的就是这个女同志。"师长点着头，表示同意留下了。琼花睁大眼睛，看清是骑白马的常青，会意地笑了。常青严肃地走到队伍前，说："同志们！你们是中国第一支妇女革命武装。从今天起，你们已经成为光荣的战士了！"

三

黎明的椰林，号兵吹起了起床号。娘子军们起床整装，提起刀枪奔出营房。娘子军军旗在广场上飘扬，娘子军开始了一天的操练。

冲锋号声响彻山谷。娘子军从山坡上向下冲锋，用砍刀砍杀那些假设的敌人——芭蕉叶剪成的白匪军像。

经过三个月的操练，连长感觉时机已经成熟，便送琼花、红莲去执行任务，她们这次的任务是探听南霸天在南门新修的火力点。

她们来到椰林寨南门附近，在一块蔗田里隐蔽起来。椰林寨南门新增了许多碉堡、交通壕，已近完工，还有少数民工在整修。两人一面观察，一面在纸上画图。

一段紧张的工作结束了，两人打算往回走。这时，一大队人向这边走过来。琼花定睛一看，是南霸天。他由两个粗使婆子抬着，前面是老四领着十几名恶奴和"大金牙"一个班的团丁，后面一把藤椅上抬着南太太。

琼花怀着刻骨的仇恨，不由自主地掏出了枪。红莲赶紧上前制止，说："不要违反纪律。"但已经被满腔仇恨控制的琼花顾不了这些，她举起枪瞄准了南霸天，只听"啪"的一声，南霸天左肩中弹。显然，他受到了惊吓，大叫道："快放下！抓游击队！"整个队伍乱作一团。

红莲又气又怕地说："你暴露了！"她急将图纸装进怀里，拉着琼花藏入树丛中。

回到队伍后，连长大发雷霆，她怒斥琼花说："你就知道报仇啊！你犯了侦察纪律知道吗？"琼花依然被仇恨折磨着，说："我后悔没有把他们全都杀光！"

连长更生气了，她一挥手，让琼花离开这里，表示娘子军不再接受她。琼花转过身去，难过地低下头，慢慢地走出房门。连长想了一下，感觉刚才有些过火，也跟在琼花后面走出去。

正在操场教娘子军操练的常青，觉得两人有事，急忙赶来。在得知原委之后，常青也狠狠地批评了琼花，并让她到禁闭室好好反省。同时，连长也承认了自己的错误，她诚恳地向琼花道了歉，琼花十分感动。

四

娘子军准备组成"取南团",攻打南府。根据琼花、红莲画的十几张图纸,连部决定,再次派洪常青乔装打扮,进入南府,探听消息。

傍晚,轿夫用藤椅抬着"华侨巨商"洪常青来到南府,追随左右的是"通房大丫头"琼花,后面跟着"粗使丫头"红莲,最后面是"男仆"小庞牵着原来的白马。

南府的正房客厅门前,南霸天率管家等出来相迎。一番客套之后,主宾一起进了屋。南霸天一转身扭动了伤口,疼得呲牙咧嘴。洪常青故作不知地问道:"怎么,南兄身体欠安?"南霸天咬牙切齿地说:"这是共产党放的黑枪!不报这一枪之仇,誓不为人!"琼花听了大为不安。

接着,常青假意和南霸天商量在海南投资的事,南霸天兴奋得无以复加,他为攀上洪常青这个高枝而洋洋得意。但一直在注意倾听他们谈话的大管家似乎看出了点什么。

等到洪常青一行去歇息之后,大管家对南霸天说:"我已经布下了人,我怀疑这个姓洪的来路不明。他来去都要经过共产党的地区,为什么能进出自如?还有,他说话咄咄逼人,不是长久能共事的人。"

南霸天不以为然地哈哈大笑,说:"他要是个草包,我还不理他呢!拉住这样有钱有势的人,才能成大事。我送琼花这步棋,下对了。"

晚上,琼花、红莲、小庞在后院刚吃过饭,去送空餐具。两三个家奴正在房门后、房角处监视着他们。三个人都不敢轻举妄动。大管家过来之后,琼花若无其事地问安,并目送他离去。

房子里,常青仔细倾听着外面的动静。他转过身来对小庞说:"明天你先回广州去,告诉董事会派个人来。先带二百条粤造枪。"

小庞点点头。

常青的怀表指向十二点半时,娘子军开始了行动。常青微笑着听听外边,对围着他的战友说:"很平静,部队也该过河了。记住,一点整总攻。"趁着昏暗,大家紧急行动起来,打开小箱子,取出匕首和枪。

琼花、红莲拿着枪越过两间房子,来到南霸天的卧室。琼花站在南霸天的大帐前,听到了他平稳的鼾声。没有耗费多少气力,南霸天就被擒获了。

被擒获的南霸天对琼花说:"你们占领这个院子不难,可是我的三个大队还包围着你们!"琼花不屑地看了他一眼,说:"你的三个大队也马上完蛋!"

很快,娘子军就控制了整个椰子寨。接下来琼花准备做两件事,一是领南霸天游街,二是在全寨子的人面前枪毙他!

此时的南霸天已经被脱去长袍,换了一身青缎褂裤、缎鞋白袜,腰中捆着一条特粗的铁链子,粗铁链子在腰上晃动着,发出巨响。

街上的人越聚越多。琼花红着脸,流着汗,兴奋极了。她对满街的人喊:"乡亲们,你们都来看看!这就是大地主大劣绅南霸天!今天,我们就看看他的下场!共产党的主张是:要大翻身!男女平起平坐!打倒土豪劣绅贪官污吏!"

眼看自己要被枪决,南霸天吓坏了,他努力思考着对策。忽然,他看到屋里就只有一个娘子军监视他,便装出一副可怜相,说:"我想解个手。"无奈,娘子军只得将其押进南府,却不料南霸天从府中密道逃跑了。

南霸天逃跑之后,连长、琼花、红莲一行人赶快进地洞猛追。然而,南霸天还是逃出了娘子军的手掌。黄镇山和老四从山顶上下来,迎住了慌忙逃窜的南霸天,同时对紧追不舍的琼花放了枪,琼花受伤倒地。

正当老四要举刀杀害琼花时,连长带着战士们赶来,用枪打断了老四手里的刀。黄镇山和老四顿觉不妙,扔下受伤的琼花,向山里逃去。

五

琼花深受重伤,躺在简陋的后方医院里。老医生看了伤势后,摇着头说:"咱这后方医院没有麻药,不能开刀。只有草药。"

于是,在没有任何麻醉的情况下,老医生为勇敢的琼花进行了刮骨。手术很顺利,所有人都松了一口气。

没多久,琼花就康复出院了。黄昏时分,她走上分界岭,遇到了常青。他们又来到当初第一次分手的地方——"分界岭"石碑前。两个人感慨万千,回忆着去年在此发生的事。

此时,琼花已经有了很高的觉悟,她说:"当兵不光是为自己报仇,我们属于一个阶级,要为整个阶级效劳。"常青在一旁微笑地看着琼花,他感到很欣慰。

此后,琼花和娘子军们为群众做了一系列好事,她们帮助群众们重建家园,帮助老乡们进行秋收。整个秋收的过程进行得热火朝天。怀着巨大的幸福感,琼花与红莲填写了入党志愿书,她们要加入中国共产党,成为一名光荣的共产党员。

与此同时,南霸天这边气势汹汹,杀气腾腾,他正酝酿着一场反扑行动。很快,红水河上空便来了几架飞机,它们疯狂地轰炸地面、船只和两岸渡口。娘子军和周围的群众被迫撤退。

小庞骑马给常青送来了命令,上级要求娘子军分路阻击南霸天,防止他外逃。常青立即按照命令安排任务,自己则去掌握轻机枪,检查子弹,严阵以待。

战斗开始了,敌机出动来助战,顿时,娘子军阵地陷入一片火海。另外,在炮火的掩护下,大批"敢死队"向战地涌来,为首的是黄镇山。

在娘子军的顽强阻击下,战斗一直持续到十点钟。洪常青对琼花说:"赶紧把没负伤的女同志召集起来,把伤员都撤下去。这儿的阻击任务已经完成了,我和赤卫队的男同志掩护你们。"

琼花坚决不同意。常青严肃地看着她,语重心长地说:"你已经不是个普通的战士,而是一个光荣的共产党员了!"琼花这才知道,她和红莲已经顺利地加入了中国共产党。

党员就要服从党的安排,琼花无奈,只好转身离去。看着琼花背着伤员走进森林,常青提枪冲了下去。黄镇山一伙猛扑过来,洪常青瞄准了他,结果了他的性命。虽然战士们死伤无数,已经没有多少战斗力了,但常青还是咬牙坚持着,与敌军奋战到最后一刻。不幸的是,他被敌人逮捕了。

南霸天终于如愿以偿,捉住了这个让他头疼的共产党。他以荣华富贵为诱饵,诱导洪常青率娘子军投降。但常青一点也不为所动,在自首书上写了一首诗:

砍头不要紧,
为了主义真。
杀死洪常青,
还有后来人!

南霸天看了之后,大发雷霆,他愤怒地吼叫着:"为了你的主义真,我要你的命。"就这样,伟大的中国共产党员洪常青同志英勇地就义了。

琼花和娘子军的成员听说了这个消息,非常悲痛。大家都愤怒地表示,要为洪常青和牺牲的战士们报仇。但此时已经成熟的琼花,坚决地拦住了想要拼命的战士们。她动之以情、晓之以理地劝解大家不要失去理智。在琼花的劝说下,大家慢慢冷静下来了。

但是未来的路应该怎么走呢?琼花毫不退缩,她认真地、坚定地一一清点了剩下来的女战士,把她们集合起来。

此时,匪军已经全线溃退,南霸天逃往海南。娘子军接到命令,攻打椰林寨。她们的任务是想尽办法拖住南霸天。琼花对女战士们说:"虽然我们的武器不多,但也要拖住南霸天的腿!就是头断血流,也要坚决完成任务!"

嚣张的南霸天最终还是被娘子军捉住了,他依然歇斯底里地大叫:"这里我是主子!我还有三百条枪!你有什么?"

琼花坚定地跨前一步,说:"我有整个阶级!"也许被琼花自信的气势给镇住了,南霸天开始装可怜求饶。琼花眼中的仇恨一刻都没有消失过,她端起枪,对准南霸天的胸口就是几枪,南霸天终于归西了。

突然,琼花听到四周的军号响,十几只军号同时吹起了红军的冲锋号。红军大部队与娘子军胜利会师了。

娘子军连的连歌响起了,歌声响彻云霄。军旗下,琼花高高抬起那不屈的头,向远方,向共产主义者战斗的道路望着,望着那艰辛的、胜利的征途。

影评选粹

传奇性

《红色娘子军》全片都是围绕吴琼花的成长这个中心来选择、安排情节的,借以突出她的命运和道路,刻画她鲜明、生动的个性特征。影片编导精心设计了逃跑、受刑、遇救、参军、侦察、禁闭、火线入党、接替洪常青等一系列情节,精心编织了富有传奇性的一个又一个故事。

影片精心塑造了主人公吴琼花,具有勇敢彪悍、豪放的性格美,人物一出场就给人留下强烈的印象。琼花被南霸天的打手用鞭子抽打时,她咬紧牙关,一声不吭。打手问她,跑不跑?她回答干脆:

"跑,看不住就跑!"打手把她拉出水牢,她顺手一推,把拉她的人推进水牢里,她自己像箭一样直穿几道门堂向外奔逃。

《红色娘子军》的作者应该说做到了把主人翁放在矛盾冲突的尖端了,许多场景人物的思想冲突都到了顶点——"侦察遇仇人""二入南府""看常青就义""三入南府"等等。人物在这些尖锐的矛盾冲突中展示了他的思想面貌与性格特征,使得电影扣人心弦地发展下去,让观众深刻体验着当时人民大众与反动地主之间的深仇大恨。

精彩回放

洪常青牺牲这场戏充分表现了洪常青这个共产党人的浩然正气,把一个临危不惧、大义凛然的共产党人形象表现得淋漓尽致。特别是洪常青高喊口号的那个镜头,长久地留在了许多观众心中。

黑夜笼罩的椰林寨,在火把的映照下显得极为不安。一棵大树前,站满了被反动派逼迫而来的百姓。被反绑着双手的洪常青从容地从大树旁走来——反动派将在这里处决他。洪常青高昂着头,在大火中对着反动派高声喊着:"中华苏维埃万岁!打倒国民党统治!中国共产党万岁!"火光笼罩着椰林寨,映红了琼花的脸,仇恨和悲痛写在她的脸上。

大渡河

> 我们走过的路，洒满了烈士的鲜血，我们永远也不应该忘记这些为革命抛头颅洒热血的先烈们！
>
> ——毛泽东

影片档案

出品：长春电影制片厂
编剧：江西省《大渡河》创作组
导演：林　农　王亚彪
主演：韩　适　赵申秋　刘怀正

影片史料

　　1935年5月,中央红军在长征途中,被国民党政府和地方政府的军队围追堵截至大渡河南岸的安顺场。红军前有大渡河,后有金沙江,左右两边有国民党几十万大军堵击。

　　5月12日,中共中央政治局在会理城郊召开扩大会议,决定中央红军继续北上,渡过大渡河,同红四方面军会师。大渡河,长江支流,两岸都是蜿蜒连绵的高山,河宽一百多米,水深流急,素有"天险"之称。5月25日,红军在安顺场渡口强渡大渡河,突破了敌人防线后,发现由于缺少渡船,又无法架桥,要用仅有的几只小船将几万红军渡过河去,最快也要一个月的时间。国民党追兵紧追不舍,形势十分严峻。5月26日上午,为保证红军部队能在国民党追兵赶到前全部渡河,中革军委决定夺取距离安顺场160公里的泸定桥。

泸定桥，横跨大渡河，扼守川康要道，全长103余米，宽3米，由13根铁链组成：左右两边各2根，是桥栏，底下并排9根，铺上木板，算是桥面。为阻止红军过桥，守军早破坏了铺在铁索上的木板。

担任先头部队的红一军团第二师第四团，冒着大雨昼夜兼程，边打边走，于29日晨抢占了泸定桥西岸桥头。为夺下泸定桥，红四团组织了一支由二连连长廖大珠率领的夺桥突击队。突击队员身挂冲锋枪，背插马刀，腰缠手榴弹，在全团火力的掩护下，冒着对岸射过来的枪林弹雨，攀援铁索链向东桥头前进。他们冲过敌人在东桥头放起的大火，与敌人展开白刃战，一举夺取了泸定桥。时至6月2日，中央红军主力全部从泸定桥上越过天险，粉碎了蒋介石歼灭红军于大渡河以南的企图。

红军强渡大渡河，飞夺泸定桥，谱写了一部惊天地泣鬼神的英雄诗篇。

剧情故事

一

成都飞机场候机室里，聚集了很多迎宾的军政人员。刘钧哈哈大笑着，对并排走着的何湘辉说："从安顺场渡河？不，绝对不可能！"何湘辉问为什么不可能，刘钧回答："安顺场地处峡谷，浪大流急，这是天险。"

何湘辉笑了一下，说："刘总指挥，许多号称天险的地方，他们不是都闯过来了吗？娄山关、乌江，还有……"刘钧没等他说完，抢白道："那是贵州，我敢说在我们这个天险面前，共军就是插翅也难飞过。"

女广播员的声音传来："诸位长官请注意，委员长的专机到，请到停机坪前迎接。"随着乐队响起的迎宾曲,一架飞机稳稳地停在了停机坪前,蒋介石身背斗篷,一身戎装地步下扶梯。

刘钧、何湘辉等川军高级将领举手行礼,蒋介石环视了一下,向迎接他的人群举手还礼。一名外国女记者趁机请蒋介石发表演说,各国记者热烈地鼓掌。蒋介石示意魏高参代为发言。

魏高参郑重其事地说:"现在由敝人宣读委员长在成都机场的书面演说,"接着,魏高参宣读讲稿,"同胞们,赤祸猖獗,民国不宁。中正负党国之重托,一向以剿共为当务之急……朱毛残部,在国军痛剿之下,将其逼至大渡河一线,此乃当年石达开覆亡之老路!"蒋介石接过来说:"今天,我就要让历史在中外人士面前重演!"

红军临时指挥部内,毛泽东站起身思索着,木桌周围坐着五个红军将领,气氛非常凝重。毛泽东走到窗前停住,自语道:"敌军在大渡河防线的总指挥会是哪一个呢?"周恩来思索了一阵儿,回答说:"很可能是刘钧。"

毛泽东转向朱德,问:"朱老总,你了解这个刘钧吗?"朱德微笑着回答道:"他是四川军阀中的实力派,蒋介石一定会利用他的。"周恩来补充说:"还听说此人有个'优点',好大喜功。"毛泽东笑了,称刘钧这种人鼻子长,容易上钩,对己方有利。

这时,电报员送来了一封电报,周恩来接过电报,借着风灯的光亮念道:"国民党中央军薛、周、吴三个纵队,追到金沙江一线,正日夜赶渡。看来敌人加快了速度哇。"

毛泽东接过电报说:"跟上来了,该下决心了,恩来,按哪个方向渡河呢?"周恩来回答按第一个方案有利,朱德也同意他的方案。毛泽东满意地说:"请朱总下命令吧。"随后,朱德下了命令,红军兵分两路,由左权同志率领一部分人马走大路,靠近大树堡佯渡,牵制富林方向的敌人。主力部队绕小道,走冕宁,过彝族区,从安顺场渡河。

按照命令，先遣部队由刘伯承同志指挥，刘伯承欣然接下了这个艰巨的任务。毛泽东说："这可是石达开的老路，太平天国的名将石达开十万大军，就被清兵消灭在这里。"周恩来笑称蒋介石恐怕也在做着那个梦。刘伯承幽默诙谐地说："老蒋很喜欢白日做梦。"

二

战士们在冕宁县城外的溪流边散坐着休息。政委岳天海正在开动员会："同志们，前面就是冕宁县城，那里的民防团和国民党的军政人员已经在昨天夜里闻风逃跑了！这是我们进入四川后取得的第一个县城。要教育每一个战士，牢牢记住三大纪律八项注意，严格遵守城市政策，要做遵守纪律的模范！"

战士们将政委的话牢牢记在心里，分头去行动了。宣传队长沈晓莹走了过来，向岳政委和赵剑峰团长报告说，总部派她跟随先遣团做宣传工作。两位团领导表示热烈欢迎，一些战士看到沈晓莹后，也纷纷围了上来，沈晓莹微笑地打着招呼。

先遣队到达了冕宁县，沈晓莹匆匆走进县政府大门，岳天海、赵剑锋迎面走过来。岳天海对沈晓莹说："你来得正好，这儿有个专押彝民的监狱。总部首长指示，把他们放回家，向他们讲清党的民族政策。这对我们过彝族区会有帮助。"

沈晓莹带领几个红军战士来到监狱门前，监狱看守战战兢兢地把钥匙交给了她。几个战士打开了牢门。沈晓莹大声说道："彝族兄弟们，我们是红军，是穷人的军队，那些欺压百姓的军阀已经逃跑了，现在我们放你们回家！"

牢房里，蓬头垢面、衣不蔽体的彝族男女都感到莫名其妙，他们恐惧地望着这些穿军装的人。一名战士打开牢门说："出来呀！

快出来呀！"彝民们依然站在打开的牢门内不敢出去，他们充满了怀疑和恐惧，全都默不作声。

沈晓莹细心地讲解着红军的意图，最后，彝民们终于放松了警惕，大胆跨出了牢门，见无人阻拦，都抬腿飞快地向外跑去。顷刻之间，牢房里空空如也。沈晓莹和几个战士相互望了望，不由得笑出了声。

突然，牢房里又传出了声音，一个老彝民吃力地从里面爬出来。大家向他围拢过来，沈晓莹蹲下察看老人的伤势，显然老人的腿坏了。沈晓莹沉思了一下，说："我们不能把他扔下。"小战士万细伢听后背起了他，老人感激地不停道谢。

豪华的餐厅里，刘钧、何湘辉、魏高参正在开晚宴。魏高参举起酒杯，预祝刘钧总指挥此次剿共马到成功。刘钧确定这次红军主力要在大树堡渡河了，表现得很是傲慢，称要像当年打击石达开一样使红军在大渡河全军覆没。

何湘辉提醒刘钧万万不可轻敌，但刘钧仿佛胜券在握，根本不把何湘辉的规劝放在眼里。魏高参和气地说："何副总指挥所言也不可不虑呀，我看安顺场还可适当派兵增防。"刘钧蛮有把握地说不着急，要到安顺场必须经过大凉山，红军要想闯过去，非得扒层皮不可。

崎岖的山路上，二十几个红军战士正在艰难地向上攀登，为首的是沈晓莹。他们没有想到，不远处，一个彝族青年把箭搭在弦上，瞄准了他们。随着"嗖"的一声，箭出弦，射在了走在前面的沈晓莹的左臂上。

沈晓莹痛苦地倒在地上，战士们慌忙扶起沈晓莹救治。那名彝族青年吹起了号角，山岭尖、树丛中到处都是彝民，他们拿着武器，戒备地看着这些"入侵者"。

一直被战士们用担架抬着的老彝民撑起身子，看到了那个彝族青年，他高喊着："沙玛洛嘎！"彝族青年终于看清了担架上的老人是自己的父亲，他一边喊着"阿爸"一边扑过来。老人激动地向儿子诉说着事情的原委，彝民们的表情变得和善了，他们感激地望着红军战士。

听完老彝民的诉说，沙玛洛嘎非常内疚，他激动地跪在了沈晓莹的面前，沈晓莹急忙上前将他扶起。自此，沙玛洛嘎也加入了红军，立志要打倒反动派，解放彝族区。

雄伟的雪山上，小张一瘸一拐地走着，他的脚崴了。怕跟不上部队，小张依然咬着牙坚持赶路。忽然，后面有人叫了他一声："小鬼！"一个骑马的人从后面赶上来，看到小张的腿不方便，他就下马让小张骑上去。这个骑马的人是毛泽东。

小张显然没有见过毛泽东，骑上马之后，他对走着的毛泽东说："你是首长吗？"毛泽东反问道："你看呢？"小张确定是首长，不然哪来的马呢。接着，为人开朗的小张，一点也不拘束地跟毛泽东聊了起来，毛泽东一直微笑着听他讲。

警卫员小王一直噘着嘴走在后面，直到他实在看不下去了，终于把小张轰下了马。小张觉得莫名其妙，生气地看着小王。小王解释说这位不是首长，是毛主席。小张听后简直不敢相信，赶紧对毛主席说自己的脚伤好了，接着一溜烟地跑了。毛主席嗔怪地看着小王，让他以后不要这样了。

先遣团快要到达安顺场了，小张也迅速追上了队伍。在和老班长交流的过程中，小张信誓旦旦地说这次抢渡大渡河，自己一定能当大英雄。万细伢哼了一声，不置可否地看着他。小张急了，说道："你敢说我当不了？连毛主席……"听到毛主席，万细伢惊讶地看着他。

川军河防团部里，孙营长接到电话，共军离安顺场只有三十里了。他急忙把这个消息报告给团长，团长命令他赶快过河，把安顺场的船拖过来烧掉。孙营长立即去执行命令了。

先遣团眼看就要到达安顺场了，团长赵剑峰严肃地下达命令："这次战斗任务，主要是夺船，一定要把船夺到手！"

川军孙营长带着两个士兵来到一个小草棚前，小草棚里一位老船工正坐在小板凳上烤着火。孙营长问："张老头，你的船呢？"老船工警惕地看着他。孙营长接着说："上级命令，所有的船都要送到对岸去归国军使用。"

老船工慢腾腾地回答："我的船哪儿也不去。"孙营长怒不可遏，把老船工拎起来，狠狠地打了几耳光。老船工被打后，双眼喷出怒火，倔强地说："我谁也不给，船是我的！我拉了一辈子纤，就挣来这么一条船。"

孙营长无计可施，只得命令两个川军将老船工带走。刚走到门口，远处就传来一片枪声。这是红军战士在追击川军，万细伢向敌人猛烈地射击着。陈营长跑过来，命令道："不要追了，赶快到河边夺船！"

红军指挥部里，赵剑峰和岳天海正为找不到一条船而一筹莫展。这时，沈晓莹跑来说她倒是有个线索，赵、岳二人欣喜不已。

老船工把船藏到了草垛里，看着安然无恙的船桨，他松了一口气。这时，孙营长悄悄走进来，要求老船工把他送过河去，但老船工还是执意不肯。孙营长威逼利诱，使出浑身解数让老船工就范，老船工依旧无动于衷。

这时，门外响起了急促的敲门声，是沈晓莹来借船了。孙营长叮嘱老船工不要把他的身份暴露，否则就枪毙他，然后他钻进幔帐后面躲了起来。沈晓莹微笑着进来，向老船工问好。老船工心不在焉地招呼着她，还不时地往幔帐的方向偷瞄。

沈晓莹似乎感觉到老船工的心神不宁，她向屋子的周围看着。屋内空空的，没有什么动静。藏在幔帐后面的孙营长无声地顶上了子弹。沈晓莹竭力地争取着老船工的船只,老船工无奈地低下头去,不停地叹着气。

沈晓莹有些不耐烦了,说道:"老大爷,你当了一辈子船工,怎么还不知道红军是为了穷苦人打天下的?"忽然,她又觉得自己的话有些过火,便改换了话题,非常天真地说:"对了,我爷爷也是一个船工,他拉了一辈子的纤,最后累得口吐鲜血,死在了纤道上。"

老船工若有所悟,他回忆起了自己当纤夫的艰难岁月,那真是一段凄苦无比的血泪史啊!最后,老船工被沈晓莹的话打动了,他猛然抬头,说:"我有船……"忽然意识到幔帐后边的孙营长,惶恐地望了一下。

沈晓莹发现老人的异样表情,她顺着老人的视线望过去,幔帐微微抖动了一下。沈晓莹厉声问道:"什么人?"孙营长窜出来,打了一枪,沈晓莹右臂中弹。接着,孙营长举枪对准老人的方向,沈晓莹急忙用身体挡住了老船工,沈晓莹胸部又中了一枪。

沈晓莹无力地拿起手中的枪,连击两发,孙营长腹部中弹,栽倒在地上。沈晓莹最终支撑不住倒下了,老船工突然醒悟过来,颤动着嘴唇大声喊道:"姑娘……姑娘,我有船呐,姑娘……"

红军前沿阵地上,赵剑峰正在认真检验着。一个通讯员前来报告说,老大爷领着船工们来了。在红军临时指挥部,赵剑峰、岳天海和老船工握手,感谢他把船借给红军用。一番寒暄之后,赵剑峰表示,大家先去吃饭休息,等到拂晓就开始强渡。

医务室里,沈晓莹静静地躺在床上,虚弱不堪。老船工在征得医生的同意之后,前来看望沈晓莹。在得知老船工把船交出来之后,沈晓莹激动不已。老船工说:"我把船交出来了,如今我把我自己也交出来了!姑娘,你放心,就是豁出我这条老命,也要把红军送过河去。"

沈晓莹感动极了：自己的牺牲终于没有白费。岳天海和赵剑锋也来探望沈晓莹，沈晓莹问有船了，怎么还不过河呢？赵剑峰回答马上就要强渡了。沈晓莹激动地说："让我去看看大渡河吧！"在征得军医的同意后，岳天海冲她点了点头。

在黎明的曙光里，一条波涛汹涌的大河飞浪冲天，对岸敌人的三个碉堡显得很清晰。看到这些后，赵剑峰放下望远镜，陈营长报告说："第一船强渡的同志全部到齐！"

这时，小张跑过来，非要参加强渡的队伍，赵剑锋勒令他回去，听总指挥的命令。小张坚持要去，赵剑锋只得让老班长前来说服。见赵团长如此坚决，一直想当英雄的小张只好跟着老班长回去了。

此刻，沈晓莹躺在担架上，进入了弥留之际，她闭着双眼，呼吸急促。赵剑峰、岳天海和战士们都围拢过来。沈晓莹吃力地睁大眼睛望着同志们，她竭力地想看清每一个熟悉的面孔。看到陈营长后，她遗憾地说："陈营长，我答应过你……过了大渡河……给同志们唱歌。"

陈营长难过地俯下身去，安慰着她。最后，沈晓莹终于闭上了眼睛。老船工从远处赶来，却没能见沈晓莹最后一面，他看到的是覆盖在沈晓莹脸上的红旗，还有周围脱帽致敬的战士们。

岳天海面对强渡的战士们说："同志们！沈晓莹同志为了那条船，献出了自己的生命，你们就要乘那条船强渡。船只有一条，人，是你们十七个，对岸工事的敌人有一个连。同志们，几万红军，党中央都在等待着我们胜利的消息。"战士们肃穆而立，表示坚决完成任务。

司号员吹起了冲锋号，号声中，枪炮齐鸣，密集的枪弹摇曳着划过波涛汹涌的大渡河，照亮了整个夜空。一番激战之后，红军突破了安顺场渡口。

川军总指挥部会议室里，中央军和川军展开了舌战。中央军讥笑川军让共军这么容易就突破了天险大渡河，而川军则反唇相讥说堂堂几十万国军，堵不住区区三万共军。正当双方僵持不下时，蒋介石进入了会议室。

蒋介石指着地图分析说，共军集结在安顺场和大树堡，是声东击西，还是声西击东，一直举棋不定。安顺场河面很宽，水流很急，不便架桥、漕渡。一条小船一天最多只能渡千把人，三万多共军，需要二十多天渡完。

蒋介石接着分析，共军人马被大渡河隔至两岸，中央军和川军分路进行围追堵截，定能消灭共军。刘钧、何湘辉等众人称赞不已。蒋介石还指出，想当年，也是在这个时间，太平军首领石达开在安顺场全军覆没，真是机缘巧合。

三

临时指挥部，毛泽东和周恩来分析着目前的形势。看来，形势对己方很不利。经过一番沉思，毛泽东决定将计就计，做出决心在安顺场渡河的样子，最后溯河而上，两岸夹击，出其不意地去夺泸定桥，还要想方设法让敌军把精锐部队208旅调出来。

为了让敌军调出208旅，红军决定声东击西，假装攻打雅安，并在大凉山一线挖筑工事。蒋介石终于上当，他火速调208旅增防雅安。得知这一消息后，刘伯承电告总部，老鼠出洞。

总指挥部，毛泽东高兴地说："上钩了！"之后，他命令后卫部队，立即撤出大凉山，向安顺场靠拢。朱德总司令也把三天拿下泸定桥的任务交给了赵剑峰和岳天海。赵剑峰信心满满地说："一定完成任务。"

鬼门岭处在悬崖峭壁上，地势险峻，而且只有一条栈道通向山顶的敌军碉堡。赵剑峰、岳天海和参谋注视着鬼门岭，老班长跑来报告说，岭上守敌一个排，只有这一条路，绕道要多走一天路程。

参谋表示冲过去兵力施展不开，建议绕道走。赵剑峰坚决地说："不成，三天之内拿不下泸定桥，敌人一定会发现我军意图，那我们恐怕要当第二个石达开呢！"见状，老班长要求把这个任务交给他们尖兵班，让万细伢从悬崖爬上去炸碉堡。

万细伢毫不犹豫地接受了这个艰巨的任务，果断地爬上了通天的悬崖。敌碉堡里，川军士兵们还在酣睡，一挺重机枪架在枪孔上。老班长带领一班人傍着悬崖摸索急进。万细伢已靠近栈道，他慢慢站起，向敌碉堡探视。

这时，敌碉堡射出一枚子弹打在石崖上，崩起一溜火星。万细伢隐蔽着，碉堡的机枪孔不断射出一串串子弹。他试图冲上去，但被密集的子弹逼退。老班长贴近石崖，注意观察着碉堡的动静。

沙玛洛嘎一步窜到老班长面前请求说："班长，我去封住机枪孔！"老班长同意了。沙玛洛嘎迅速跑到崖石后，用机枪向碉堡射击，几个回合下来，沙玛洛嘎支持不住了。老班长把他拉到一边，回到石崖处，端起机枪向碉堡猛烈射击。

万细伢眼看就接近碉堡了，突然射击孔喷出一串串火舌，老班长胸部和头部中弹。沙玛洛嘎和小张齐声喊："班长——"随着喊声，老班长从崖上坠落，掉入波涛翻滚的大渡河。

小张和沙玛洛嘎悲痛万分，他们愤怒地盯着敌人的碉堡，举起

枪来猛烈还击。万细伢爬到了碉堡附近,他示意小张他们停止射击,接着迅速将手榴弹弦拉开,扔进了碉堡里。顿时,碉堡被炸得腾空而起,四分五裂。

蒋介石行辕密室里,魏高参向蒋介石报告说,有一股共军突然出现在鬼门岭,突破了守军阵地。蒋介石大吃一惊,他迅速拿过地图,接着绝望地喊道:"泸定桥!"

川军小会客室里,刘钧和何湘辉还在争执着,谁也不让谁。这时,一个电话打过来,是蒋介石找何湘辉的,只听蒋介石和颜悦色地说道:"湘辉,你是川军之中唯一有才能有头脑的将领,从现在起,你就是川军总指挥,望兄不负重托。"何湘辉连连答应着:"是,委座放心,我马上去泸定,只要我何湘辉在,共匪的脚绝踏不上泸定桥!"

接完电话后,何湘辉趾高气扬地回来了,他下令208旅立即回师泸定,富林209旅也调往泸定增防。看到何湘辉的这一举止,刘钧惊得目瞪口呆,魏高参走过来证实道:"委座已下令,你的职务由何湘辉兄接替。"刘钧不服,但又毫无办法。

赵剑峰、岳天海接到总部命令:"赵、岳:208正从雅安回头,209亦沿河而上,为此,限你提前一天,务于29日夺下泸定桥。总部。"虽然感到任务艰巨,但赵剑锋还是坚定地接下了这个重担。

现在,国民党军与红军齐头并进,目标同是泸定,看谁能抢在时间的前面,赢得了时间就是胜利。赵剑峰率团艰难地行走在弯曲的山道上,他们在与敌军赛跑,也是在和胜利赛跑。此时,何湘辉也来到泸定,主持工事。他命令赵营长把泸定桥的桥板全部拆掉,准备炸桥。

赵剑峰率团赶到泸定桥的时候,桥上的桥板已经被拆光了,十三根铁索呈现在眼前,桥下即是咆哮翻腾的河水。

赵剑峰眉头紧皱,想不到形势如此严重。桥对面,敌军已经搭起了临时的工事,川军班长伸出头来叫嚣道:"共军小子们听着,

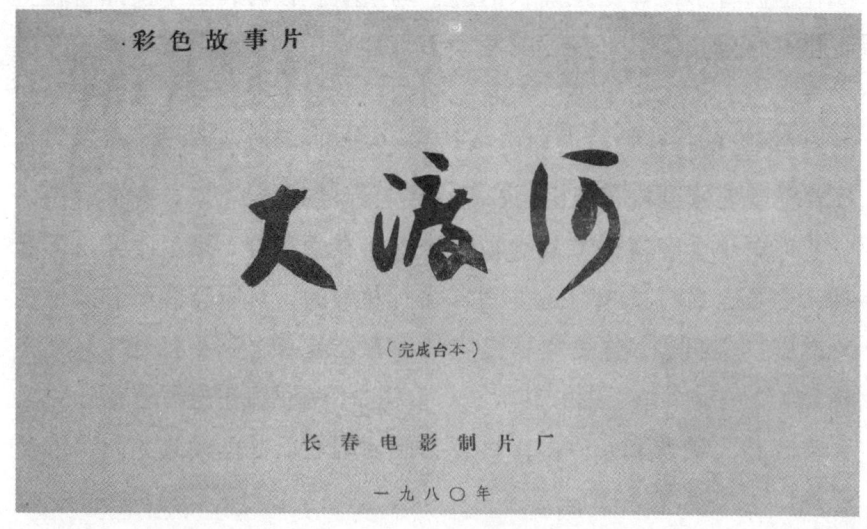

有本事的过来呀！老子等着缴枪呢！"赵剑峰当机立断，对岳天海说："你在这岸掩护，我领人夺桥。"

赵剑峰带领着十几个战士开始夺桥，川军赵营长同两个川兵将炸药放在桥桩上，准备炸桥。红军战士们毫不畏惧，勇敢地爬上了泸定桥的铁索。何湘辉慌了，立即命令赵营长开火，数挺机枪同时猛烈向东岸射击。

岳天海见敌军开火了，他也指挥着战士们与敌军交火。铁索猛烈地摇动起来，红军战士们冒着枪林弹雨继续爬行。川军扔出了几枚手榴弹，铁索上迸出火花，几个战士陆续掉进了汹涌的大渡河。

双方依然在猛烈地交火，攀爬铁索的红军战士们距离对岸越来越近了。万细伢瞪着眼睛向前爬着，突然，他的胳膊中弹，双臂吊在铁索上，猛烈摇动着。片刻之后，万细伢终于筋疲力尽了，翻滚着掉进了波涛汹涌的大渡河！

岳天海命令战士们向桥对面发射了一颗炮弹，川军工事阵前被炸得浓烟滚滚。最后，在赵剑峰的带领下，仅剩的几个战士终于爬过了铁索，渡过了大渡河。

何湘辉见大势已去，命令两名士兵点着了导火索，试图炸毁铁索。赵剑峰率领突击队员冲了过来，向慌乱的敌群投了一枚手榴弹，敌人死伤一片。

沙玛洛嘎也冲了过来，注意到身旁正在燃烧的导火索，但他并不知道这是什么东西，还向自己身边拽了拽。小张看到了，急忙喊道："那是炸药！"沙玛洛嘎却没有听明白，反而抱着炸药包向小张方向跑过来。

导火索燃烧着，赵剑峰见状夺过沙玛洛嘎的炸药包，狠狠地向川军抛去。"轰"的一声，炸药包在川军中爆炸，赵剑峰也牺牲了。

战役结束了，毛主席、周恩来和朱德总司令都来到了大渡河，战士们都来迎接毛主席。小张见到毛主席后万分欣喜，毛主席夸赞小张人小鬼大，终于当上了英雄。小张不好意思地笑了。

毛主席问岳天海部队伤亡情况是否严重，岳天海哽咽着说不出话。毛主席巡视着周围，涌出了热泪。大家默默脱下帽子，为夺取泸定桥而牺牲的战士们默哀。毛主席深沉地说："我们走过的路，洒满了烈士的鲜血，我们永远也不应该忘记这些为革命抛头颅洒热血的先烈们！"

影评选粹

《大渡河》讲述了红军长征时期进行的一次具有重大战略意义的行动。影片真实、艺术地再现了当年那场震惊中外的大渡河争夺战，给人以凝重、悲壮、激昂之感。

这是一部构思严谨的作品，层次非常明确，把以毛泽东为首的中国工农红军和以蒋介石为首的国民党反动派之间针锋相对、斗智斗勇的矛盾冲突贯穿于影片的始末，从敌我态势到战争经历，从最高指挥部到基层指战员，又到普通群众与地方游击队的配合，有条不紊，错落有致。

影片充分运用电影特殊的人物表现手法，成功地塑造了老一辈无产阶级革命家的光辉形象，同时塑造了一群红军英雄，如机智勇敢、身先士卒的团长赵剑锋，刚强优秀的政工干部岳天海，热情活泼的宣传队长沈晓莹等。影片特有的环境和气氛渲染，更再现了红军战士为了革命事业英勇献身的壮烈场面，催人泪下，令人久久难以忘怀。

精彩回放

　　沙玛洛嘎也冲了过来，注意到身旁正在燃烧的导火索，但他并不知道这是什么东西，还向自己身边拽了拽。小张看到了，急忙喊道："那是炸药！"沙玛洛嘎却没有听明白，反而抱着炸药包向小张方向跑过来。

　　导火索燃烧着，赵剑峰见状夺过沙玛洛嘎的炸药包，狠狠地向川军抛去。"轰"的一声，炸药包在川军中爆炸，赵剑峰也牺牲了。

　　影片中这个镜头体现出了红军战士对革命理想和事业无比的忠诚、坚定的信念，不怕牺牲、敢于斗争、敢于胜利的无产阶级乐观主义精神，顾全大局、严守纪律、亲密团结的高尚品德。

万水千山

> 红军不怕远征难，万水千山只等闲。
> ——毛泽东《长征》

影片档案

出品：八一电影制片厂　北京电影制片厂
编剧：孙　谦　成　荫
导演：成　荫　华　纯
摄影：高洪涛
剪辑：陈国强
作曲：时乐濛　晨　耕
主演：蓝　马　黄　凯　梁玉儒

影片史料

1927年，大革命失败后，毛主席领导了秋收起义，建立了井冈山革命根据地，挽救了中国革命，继而又粉碎了蒋介石的一、二、三、四次"围剿"，革命形势一派大好。就在这时，王明机会主义路线排斥了毛泽东对党的领导，把持了军事指挥权，结果，不但没有粉碎敌人的第五次"围剿"，反而使红军遭受了重大损失，红军只好被迫实行战略转移。1935年，遵义会议的召开确立了毛泽东的军事领导地位，使红军在极端危险的境地下得以保存。毛泽东带领部队一次次跳出国民党反动派的包围。

剧情故事

一

1931年九一八事变爆发后，日本帝国主义侵占东北，蒋介石不顾全国人民"停止内战一致抗日"的要求，继续调动百万大军，围攻中国共产党领导下的各个革命根据地。1934年10月，中国工农红军为了北上抗日，在党中央和毛主席的领导下粉碎了敌人的重重包围，进行了举世闻名的二万五千里长征。1935年5月，长征途中的红军，在党中央和毛主席的英明领导下，摆脱敌人的围追堵截，出现在四川边境大渡河安顺场渡口。

大渡河边，红军大队正等待渡河，可是岸边只有一只船。一位首长转过身向团长、政委交代任务说："你们看见了没有？这里水急，不能架桥，我们这十几万人，只靠这一只木船在短时间是没有办法渡过河去的。现在，追赶我们的敌人已经越过了彝族区，逼近了这里，军团长命令我们和已经过河的一师沿河两岸向泸定前进，三百二十里的路程要两天赶到，夺取铁索桥，打开通往川西的道路。你们团担任前卫，一面注意扫清前进路上的敌人，另一面要注意对岸的敌情，不要让敌人发现我们的企图，要很好地完成这一任务！"团长和政委说："是！"

夜里，大渡河的左岸螺旋似的陡山上，红军战士举着火把前进。远看，长长的火把行列，真像是一条扭曲着的翻滚的火龙。对岸也有一条火龙在翻滚地前进。对岸隐隐地传来了声音："哎嘿，你们是哪一部分的？"红军王连长正欲回话，但被走上前来的副营长罗顺成阻止住。罗副营长回答敌人说："我们是第六团的，刚被共军打下来。"对方回应："喂，咱们在泸定桥再见喽！"

乌云翻飞着，忽然传来了沙沙雨声——顷刻间，暴雨像决口的河水似的落下来。第一支火把灭了，第二支火把又灭了……

路边，团长和政委在风雨中瞭望着对岸。团长说："嗯，敌人不见了。"政委说："敌人怕吃苦，不走啦。"团长说："好，敌人睡觉咱们走，告诉战士们，敌人宿营了，抓紧机会，明天拂晓赶到泸定桥。"

数十丈宽的铁索桥横跨在湍急的大渡河上，桥板被国民党军队抽掉了，只剩下湿漉漉的铁索。铁索离水面有数十丈高，向下一看，急流奔腾。对面桥头的桥亭和残留着的桥板附近，防守的国民党军队不时地放射着冷枪。黄团长、政委正带领着各营干部在一隐蔽处观察对岸敌情。政委放下望远镜说："看样子敌人的增援部队还没有赶到。"黄团长说："二营长，把你的队伍带到来的路上去，封锁东岸敌人的增援道路！"二营长领命而去。

黄团长对营长赵志芳、教导员李有国、副营长罗顺成说："对岸敌人有两个团把守，我们必须在敌人增援部队赶到以前攻过桥去。这里是既不能架桥，又不能渡船，只有从这没有桥板的铁索上冲过去——这仗很难打呀！"赵志芳："我们有决心完成任务。""你们说怎么打好呢？"罗顺成说："集中所有的机枪掩护，一边铺板一边过桥。"赵志芳小心翼翼地说："那会造成很大的伤亡。"黄团长说："你的意见呢？"赵志芳说："我们得组织一个突击队，全部用短武器，爬着铁索先过桥。当突击队把敌人粘住以后，大队马上就往桥上铺板跟进。""好！"黄团长下了决心说："赵营长带突击队，罗副营长指挥大队，全团掩护你们。"

河岸傍山的街道上，拥挤着正在休息的红军。战士们正忙忙碌碌地扛来各种木板，堆放在桥亭的墙角下，准备铺桥。

忽然，有人叫道："小周！"街头走来一队男男女女的宣传员。李凤莲（李有国的妹妹）向着背着短马枪的年轻战士跑来，并问："小周，你们营部在哪儿？""在后街上。"

在一个木板房内，政委和李有国从陡直的楼梯上走下。政委说："攻击之前再进行一次检查！"说完，又忽然想起了一桩事情，"你跟赵志芳是同乡？"李有国说："我们是一个村的，一块儿参加革命！"政委说："那你得好好帮助他——他刚当了营长，还有点手生，你们罗副营长怎么样？"李有国说："没有什么！"政委说："我看他对整个行动还有抵触情绪！有时间跟他谈谈。"说完他们走了出去。

李有国和罗顺成从外面了解战前准备情况后回来，赵志芳把情况告诉他们："团部命令我们四点开始攻击。"罗顺成说："提前了？""我集合队伍去！"赵志芳说："现在还差35分钟。""通讯员已经去了。老李，宣传队来做救护工作，交给你指挥吧！"李有国转身对李凤莲说："好吧！你们在二梯队后边，不叫你们，不许上来！"凤莲有些不满地说："为什么？"李有国郑重其事地说："这是命令！"

赵志芳带着二十一个突击队员隐蔽在桥头。李有国和三连长伏在机枪跟前，准备射击。黄团长的手挥了下去。顿时，冲锋枪响了，迫击炮、机关枪一起开火……突击队员们冲上铁索桥。他们用手扶着铁索栏杆，踏着铁索前进，铁索晃动着，勇士们用手抓紧了铁索。赵志芳和突击队员们已经爬到桥中心了。敌方的机枪、炮弹像急雨一样地打来。

赵志芳边爬边喊："不要心慌，抓住，前进！"敌人拼命地射击，子弹嗖嗖地飞着……罗顺成领着战士们往铁索桥上铺板，有的战士连板带人滚落到河里了。李有国集中精力打着机枪。他端着机枪跑上桥板，跪在那里向敌人发射。爬在铁索上的战士逼近桥头了。赵志芳一边向敌人打手枪，一边向战士喊道："扔手榴弹！"敌人阵地的工事被炸毁了，敌人却把桥头小亭点着了。一时，突击队员们愣住了。跪在桥板上的李有国忽然发现了火焰，他不顾一切地端着机枪站了起来，向着发愣的突击队员们大声喊着说："同志们，不要犹豫，冲过去就是胜利，冲啊！"突然，一颗飞弹打中了李有国，他扔下机枪，用手捂住了胸口……

桥上，突击队员一起向着浓烟烈焰冲过去。李凤莲跑了过去，扶住了李有国。赵志芳带着突击队员冲上桥头。战士们不顾粘在衣

服上的火焰，大声地喊叫起来："冲啊，冲啊！"后续部队从新铺的桥板上走过。李有国睁开了眼说："过去了吗？让我看看！"他勉强挣扎着站了起来，看着对岸迎风招展的红旗……

二

盛夏，穿着杂色衣服的大队红军，在那人迹罕至的森林里摸索前进。赵志芳走在队伍的最前面，罗顺成殿后。李有国的伤口还没有痊愈，他很吃力地拄着拐杖行军，凤莲和小周在旁边照顾他。

忽然一阵哄然大笑传进小周的耳朵。他扭头去看，一堆战士正围着一个头缠白布身穿长褂的老乡。"我说你们也许不信，这还是前清时候的事……"小周也挤了进来，老乡一边抽着旱烟一边述说着，"清朝的一个武将，带领几万人马要翻过这雪山。人马来到山上，也不知道怎么得罪了山神，好好的天气，忽然间变得又刮大风，又下雹子。一眨眼工夫，几万人马都死在这个山上了，没有一个生还的。"听完，战士们有的吐舌，也有人半信半疑。小周聚精会神地听着，一副若有所思的样子。

老乡还在继续讲着："我们这里的人，从来都不敢到这个山上去，听老辈人说，这山上住着妖怪！"他身旁一个战士追问着："这山上从来就没人走过啊？"老乡说："平常谁走啊！就是每年七八月间有到草地做买卖的马队从这儿过雪山，可是过山的人都得带上祭品。到了山上不准讲话，不准笑，更不能大声喊叫。要是犯了戒，马上就遭冰雹打。就算是没有神怪，这山也不好过。要过，一般都是在上午，一到下午就变天，要是遇见大风、冰雹，准死无疑。"

营部里，凤莲正慢吞吞地收拾着背包。凤莲带着哀求的口气说："我还是多照顾你几天吧！你的伤刚合口，刚才医生还说小心再犯了。还是等过了雪山，我再回队上去吧！"李有国边下床边说着："你

真是个孩子。你又不是医生,不去做工作整天陪着我,这算什么?我现在伤口已经好啦。明天就要过雪山,你们队上有的是工作要做。听我的话,还是回队上去!"凤莲说:"你老是爱逞强,明明自己不行,还总装着。"李有国说:"行啦,凤丫头,这里有老赵他们都会照顾我,要是需要你帮忙,一定请你来!凤莲,你以后见志芳再不要叫他黑牛啦,这不是在村里,别人听了不像话!"凤莲赌气地说:"当了营长就不能叫啦!"

赵志芳刚到门口,正好遇见凤莲背着背包从门里走出。赵志芳说:"怎么?凤丫头,你上哪儿去?"李凤莲说:"回队上去。哎,你以后可不许叫我丫头、丫头的!我哥哥不许我叫你黑牛,你也不许随便叫我小名!"赵志芳被她说得笑了起来。"谁叫你回队去的?"李凤莲说:"我哥哥不准我在这儿啦!"赵志芳:"他伤还没完全好,你再跟我们几天吧!"李凤莲说:"不啦,过了雪山我再来,反正师部离你们又没有多远!"赵志芳说:"我找人送你去吧!这山林里可有老虎,我不骗你,小心……"凤莲回身喊着说:"你放心吧,老虎吃不了我,黑牛!"

屋里,李有国正跟小周谈话。李有国说:"那不是什么妖精作怪,因为雪山地势高,空气稀薄,气候冷,山上常有积云,要是一遇到震动就可能下冰雹,他们说的全是迷信!小周,你是不是还相信天上有神?"小周说:"从参加革命,我就不信那套了。神就是咱们共产党。共产党才能救穷人!"

山路上,黄团长、政委带着警卫员骑马由远处跑来。到达驻地后,黄团长找来赵志芳谈话。"明天早晨七点钟出发。我们团做了前卫,要给整个部队,给中央机关开路。你们要做好充分的准备。"政委说:"向导找到了吗?"赵志芳说:"正在动员,老乡们都怕过这个山。""好好地做点工作。"团长转身向李有国说:"你的身体怎么样?"李有国说:"好啦,首长放心吧,我能够坚持!"团长感慨地说:"要小心点,我们的路还远呢!"

部队在陡而弯且多水的山石路上行进。王连长轻快地说:"嘿,这地方可真凉快——爬呀,到山上乘凉去!"红军向着笔陡的山峰爬着,不一会儿,跟着赵志芳的小周说:"营长,雪山!"赵志芳抬头看着。李有国吃力地爬着雪坡,走到他身旁的罗顺成用手推着他上坡。王连长发着喘,李有国着急地问道:"怎么啦,王连长?"王连长说:"喘……喘不出气来。心……心里堵得慌。"罗顺成发现王连长没有披着棕衣,说:"王连长,你的棕衣呢?"王连长说:"我……我没有做。"李有国说:"你这家伙,真是乱弹琴!"

风,呼啸着,一个披着棉被的战士被狂风扭着打转。王连长大声喊着说:"站住,站住!"披着棉被的战士站不住,一下子跌到雪旋里去了。王连长急忙跑了过去,抓住了棉被。他拼着全力拉着棉被,棉被拉出来了,但是没有人,王连长失神地蹲在那里。罗顺成推着李有国向避风处急走,忽然发现了一个背着大行军锅的炊事员在狂风中打旋,罗顺成奔了过去。"嗨,老周,把锅放下,放下!"炊事员放下了锅。罗顺成说:"走吧,把锅扔了吧。"老周噘着嘴说:"把锅扔了?扔了锅,拿什么东西煮饭呢?哼!"他又背起了锅,跟跟跄跄地走着。

风更大了,炊事员老周被风卷到雪崖边上。他想返回来,但是风太大了,他越挣扎,越向崖下逼近。他呼叫着。李有国和罗顺成听见了呼叫,一起向着崖边跑去。他们刚跑到崖边,老周跌落下去了。

转眼间,天又变晴了。赵志芳和向导走上了山峰的腰部,罗顺成扶着李有国来了。李有国喘着气问道:"怎么样,老赵?""没有路啊。""这里可不能后退啊,只能往前!""我们自己开一条路——从这个山坡往下滚!"

小周说:"我去!"话还没有落音,他就向着山下滚去。"小周!"赵志芳喊了一声,立即向山下滚去。两个人冲开了两道雪浪一下到坡底。李有国向领路的向导告别说:"谢谢你,老乡,以后再见!"李有国用手捂住了胸口,准备滚了。罗顺成趁李有国不注意的时候,猛地抱紧了他,一起向着坡下滚去。向导已经和所有的人告了别,但是他并没有转身回去,毅然决然地随之滑下。战士们纷纷地向坡下滚着。

三

毛儿盖住满了红军。昏暗的室内,李有国消瘦的面孔显得更为憔悴。凤莲坐在床边看护着哥哥,赵志芳和罗顺成默默地站在一旁。还有一个藏民老头,一位军医正在收拾医疗器具。赵志芳凑过来,低声问道:"怎么样?"医生没有立即回答,转身望了望躺在床上的李有国,皱着眉头迟疑了一下。医生走出门来,赵志芳和罗顺成随着跟了来。医生说:"教导员体温很高,伤口又发炎了,病势很严重!"罗顺成非常急切地说:"这怎么办?有什么好药没有?"军医叹息地摇摇头说:"过雪山以来,病号非常多,我们连一般的药都急缺。"

团长说:"同志们,党中央在毛儿盖召开的会议上指出,我们和四方面军会合,对今后的革命形势有着重要的意义。同时会议指出,由于日本帝国主义在北方的进逼,民族危机日益加深,人民的抗日情绪非常高涨,我们必须坚决地以武力保卫我们的领土完整。因此,中央决定一、四方面军必须迅速全部集中,北上抗日!可是敌人想堵住我们的去路。根据情报,胡宗南集结了四个师在松潘地区;东面川军占领了整个岷江东岸;白军周浑元、吴奇伟的部队,集结在雅州……"团长继续说,"敌人判断我们,不是东出四川,就是北去甘、陕,但是敌人绝想不到我们要出草地北上。党中央决定通过草地,达到北上抗日的目的。"

集合号惊醒了李有国,他摇摇晃晃地戴着军帽,扎着皮带说:"凤莲,队伍马上要出发啦,你为什么不早一点叫醒我?"小周奔了进来:"教导员,报告你个好消息:大家要抬着你过草地!"李有国愣了,说:"抬着我?""是啊!抬着你过草地!"小周拿上粗麻绳,飞也似的跑了出去。李有国喊道:"凤莲,不要收拾啦,你跟上队伍走吧。"凤莲说:"你呢?"李有国说:"我?我决定留在这里啦。草地很难走,单个人走都有陷下去的危险,抬我的同志怎么办呢?难道让我们几个人一起陷下去吗?老战士剩下的不多啦。每一个战士都是革命最宝贵的财产。多一个人走出草地,就是多保存一颗革命的种子,多一分胜利!我,我不能让他们抬着走!"

"好,那我也不离开这里啦,"凤莲说,"等你……等你病好了一块儿走。"李有国说:"好妹妹,你已经不是小孩子啦。干什么要这些孩子脾气呢?你是为了我参加革命的吗?"凤莲说:"我有责任看护你!"李有国说:"可是,组织上并没有要你留下呀!""我马上去请求!"李凤莲跑了出去,李有国喊道:"凤莲!凤莲!"

赵志芳、罗顺成和带着担架兵的王连长,急匆匆地向着藏民院子走来。一进院门,大家被院里的藏民老大爷迎面拦住了。老大爷说:"怎么?你们不相信我吗!教导员不能走。""老大爷,我们抬着他走。"赵志芳解释说。这时,团长、政委和凤莲走进院来。老大爷说:"长官,你把教导员交给我吧,我给你们立个文书。他是个病人,不能跟你们过草地。"

这时,挎着小背包的李有国站在楼梯口,正准备走下楼梯。凤莲喊了一声:"哥!"李有国看见了黄团长,说:"团长,我能走,你看,我能走!"他摇摇晃晃地走着。黄团长赶忙搀住了他说:"老李……"李有国说:"我能自己走——我绝对不坐担架!"藏民老大爷诧异地说:"这是真要走啊?"李有国说:"老大爷,要走,我要跟着大家走!"黄团长说:"我们带他走。"藏民老大爷说:"教导员,我留不住你,要是你们成功了,可想着到我们这儿来。"团长说:"革命一定会成功,我们一定来看你!"

红军向草地行军,草地茫茫,一望无际。一营是前卫,赵志芳和罗顺成带着队伍行进。战士们把穿着的防寒衣服脱掉了。王连长一边走一边对着水壶喝了几口水,然后用手掌擦了擦干燥的嘴唇。李有国骑马走在队伍中间。草地暗了,变色了,寒冷了,战士们迅速穿上了防寒衣服。暴雨来了,战士们急速地扭过脸去,躲避暴雨的袭击。

李有国站在河的彼岸。战士们一个接一个地过了河。有个战士一上岸,就躺在地上喘着粗气。李有国鼓励他说:"不要紧,走吧。走一会儿就好啦!把干粮袋给我。小周,让马驮上!"小周拉着搭满干粮袋的枣红马走来,一边接过李有国递过来的干粮袋,一边噘着嘴嘟囔说:"驮了这么多啦,还要驮——快把它压死啦!"李有

国说:"不要紧,快到宿营地啦。到了宿营地,你好好地喂喂它!"

"战士们躺在灌木丛中,露宿在夜幕下。团长、政委和战士们围在一起聊天。团长问一名战士:"你是哪儿人?"战士说:"我是贵州的!"团长又问其他人:"你呢?"战士回答说:"云南!""我是湖南的!""我是江西的!"团长说:"咱们是同乡!"团长又问另一个战士:"你呢?"战士说:"我是过雪山才参加的。"团长说:"你就是雪山上带路的那个向导?"政委说:"咱们这儿集合了半个中国的人哪!革命一定会成功。"战士们爽朗地笑起来了。

空中雪花翻飞,部队在雪中行进。李有国在地上步行,马上驮着另一个病号。团长在一险要地方稍有犹豫,身后政委扶了他一把,团长急忙笑着说:"老兄,这里可不能开玩笑!"不少战士超过教导员,也有重病号跟在他们身后。突然有人呼叫,李有国勒马回身望去。一个战士陷入泥潭中,一些人围拢去想援救他,但都无法插足。李有国急欲下马,但又止住。围救的人们悲痛地散去,只见污泥浆上浮着一顶八角红星帽,人已经见不到了。李有国沉痛地回过身去,小周驱赶着马向前走去。

又是一个黑夜,小周鼓足气把篝火吹亮了。政委、赵志芳、罗顺成、李有国围在一起开会。罗顺成说:"今天,我们营减员十五个。"李有国惊讶地说:"十五个?全军不知道怎么样?"政委几乎是自语地说:"情况是严重的,还有两天才能走出草地,必须坚持这最后的两天!"赵志芳低着头说:"现在已经有不少人没干粮啦!"政委转身向李有国说:"老李,你的伤口怎么样了?"李有国说:"我?我挺好的,没问题!"小周赌气地望了教导员一眼,走到马跟前喂马。

漆黑的夜,李有国唱起了《国际歌》。歌声惊动了周围的人,有的坐起来参加了合唱,火堆愈来愈旺,歌声也愈来愈雄浑、悲壮。

又是一天,那匹马坚持不住了,倒在地上再也没爬起来,小周哭丧着脸坐在一旁。李有国亲切地说:"走吧,小周!"小周喃喃地说:"整天给人骑,又是驮背包,又是驮米袋……"李有国笑着说:"你又发我的牢骚了?这不挺好,马已完成它的任务啦!"小周一面背上背包,一面嘟囔说:"我的任务没有完成,你怎么走呀?"李有国笑着说:"我能走,咱们比赛,看谁走得快!走!"凤莲在散乱的队旁向前走着,终于赶上了李有国。李有国站住说:"你怎么赶上来了?"凤莲说:"你好点了吗?你骑的马呢?"李有国说:"好点了!"凤莲说:"怎么,马死啦?"小周在一边生闷气。李有国刚想坐下,一阵疼痛使他捂住了胸口。凤莲急忙扶住了他说:"哥哥,你的伤口怎么样?"李有国说:"化了脓,不怎么样!"说着想要坐下来。

赵志芳也赶来了,跟凤莲打了个招呼,忙问李有国:"老李,马死啦？"李有国说："嗯，你的消息倒灵通。"赵志芳着急地说："真糟糕！"说着蹲了下来，"伤口怎么样？"李有国说："快好了！你赶紧照顾部队去吧！我自己会注意，这里还有小周呢！"赵志芳皱了皱眉头，思索了一下，没有说话，转身走去。李有国喊着说："老赵，你干什么去？"凤莲说："哥哥，你为什么不跟他说实话？"李有国说："老罗也病了，全营的担子都在他一个人身上，他担子不轻啊！"凤莲忍不住流下了眼泪。李有国安慰她说："好妹妹，不要哭，现在需要的不是眼泪，是忍耐！"

赵志芳带着八九个战士用枪支和拐杖做了一副担架，逆着行列从远处走来。赵志芳走上来说："老李，坐上吧，我抬你！"望着那些疲惫不堪的战士们，李有国感动地流下眼泪。战士们几乎同时说出："教导员，我们抬你！"李有国忍住内心的苦痛，忽然对赵志芳发起火来说："谁说我要坐担架？让他们回去——你们赶快回连上去！"赵志芳也发火了说："你怎么啦，充好汉吗？我命令你坐上去！"李有国根本不理他的命令，背过身去。赵志芳思索了一下说："来，把教导员抬上担架。"李有国迅速转过身来威严地说："你们赶快给我回连上去！"战士没敢靠前，赵志芳抑制着自己，低声地对战士们说："好吧！同志们，你们赶队伍去吧！"战士们虽然不愿离去，但又不得不服从命令，只得转身离开了。

李有国赶到赵志芳的跟前，两人互相看了一眼，谁也没说话，并肩走了一段路。他们默默地走着，李有国开了口说："你呀，还当营长呢，你当的什么营长呀！在部队最困难的时候，你不管部队，倒有精神来管我，我是新兵吗？你呀，你不了解我！"李有国生气了，咳了两声，不自主地停了下来，赵志芳忙扶住他坐下来。李有国感激地说："我知道你是为了我……可是你没有想一想，战士们都虚弱极了，要不是靠着革命热情的支持，他们连爬也爬不动了。战士是革命的本钱,我们的责任就是加倍关心他们,爱护他们,让他们走出草地。你让几个人抬我一个人,这是多么不值得啊!这几个人一冲出草地,会像下山的猛虎,他们可以打垮敌人一个连、一个营、一个团,甚至一个师……你赶紧照顾部队去吧!"赵志芳心平气和地倾听着,他深深感受了这些话的分量,说:"好吧!"赵志芳起身向小周交代着,"好好照护教导员,我到前面去了!""是!"小周毫不犹豫地回答着。赵志芳走去,又转回头说:"老李,明天就要到班佑了,保重啊!"

不久,李有国陷入昏睡,凤莲在一旁哭泣着。赶来的赵志芳摸了摸李有国的额头说:"还不要紧,赶快做担架!"团长的警卫员小刘沿着灌木丛跑来。到了赵志芳跟前,小刘说:"赵营长,前面发现敌人的骑兵,团长命令你们营,马上占领前面的山头阵地!"赵志芳马上喊道:"马上集合!"

一片开阔的草原,山背后跑上几个敌人的骑兵,像在寻找什么。赵志芳指挥着部队向山边运动,他低声说:"注意隐蔽!快!"说完他也弯着腰,随部队向上运动。

忽然,远远丘陵上几个狡猾的骑兵不见踪影了。罗顺成自语地说:"糟糕!敌人跑了!"团长、政委从身后走上前说:"怎么样?"赵志芳说:"刚才山头上发现的几个骑兵突然没影啦!"罗顺成冲动地说:"团长,我们追吧!"团长沉着地说:"不忙!"说着举起了望远镜。丘陵上敌人的骑兵又冒了出来,而且是大批地走过来。团长命令罗顺成:"罗副营长,你带一个连,切断敌人的后路,千万不能让敌人跑掉了,要注意隐蔽!"

李有国从昏厥中苏醒过来,旁边除了小周和凤莲以外,周围空无一人。他问凤莲说:"怎么,部队要出发了?"凤莲说:"没有,前面发现敌人的骑兵,老赵他们已经上去了!"李有国说:"骑兵?小周,快去参加战斗!想办法抓几匹活马来!抓住活马,给党中央,让中央首长骑上马,让革命骑上马前进!"小周大声答应:"是!"

团长、政委注视着胜利归来的战士们。团长看了看手表,跟政委说:"十五分钟结束战斗,敌人太稀松了。"政委说:"不是敌人太稀松,是我们的战士太猛了。"团长说:"李有国可以骑上马啦!"政委低沉地说了一句:"他已经骑不动了!"闻讯赶来的赵志芳扶起痛哭着的凤莲。战士们围拢来,默默地低下了头。这时团长和政委也急忙赶了过来,他们脱下了军帽,哀悼自己的战友。同志们将军旗盖在李有国身上。政委说:"党的好干部,劳动人民的好儿子,你安息吧,你那远大的理想,将由我们来完成。"

走出草地的红军,经过班佑、巴西、阿西等地,渡过残缺危险的栈道,打败敌军三个团,直逼四川、甘肃边境——天险腊子口。红军胜利地通过腊子口后,跨过甘肃平原,终于在1935年10月到达陕北,与陕北红军胜利会师,长征宣告胜利结束。

红军整齐的行列,在富饶的甘肃平原上行进。部队路过的村口上,打着红旗、端着水罐的群众欢迎过路的红军。陕北工农红军拥上来欢迎他们。战士们相互握紧了手,拥抱、欢呼……

从此,中国革命进入新的高潮。长征中的英雄们将永垂青史!

影评选粹

革命精神·无私无畏

二万五千里长征中,上演着一幕幕惊心动魄的战斗。在气候瞬息万变的恶劣环境中,战士们勇往直前。电影《万水千山》生动地刻画了对革命赤胆忠心、对未来满怀希望的红军指战员和普通战士的光辉形象。

这部电影作品是一首气贯长虹的英雄赞歌。影片真实地再现红军爬雪山、过草地,长驱二万五千里这一震惊中外的壮举,歌颂了红军战士在极端艰难困苦的情况下，不退缩、不畏惧的革命乐观主义精神。

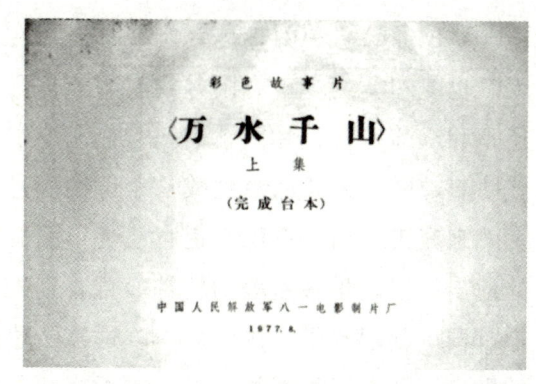

赵志芳所在的营是主力红军的前卫，担负着逢山开路、遇水架桥的艰巨任务。这个营始终走在整个部队的最前列，本身具有很强的代表性。导演和编剧通过夺取泸定桥、攻打腊子口等激烈而紧张的战斗场面，表现了上至营长、教导员，下至普通士兵的勇敢坚决。李有国的形象集中概括了一代中国共产党人为了革命理想，为了共产主义信念而坚忍不拔、英勇顽强、不怕牺牲的斗争精神。

评论家侯金镜指出："《万水千山》的成功，最主要的是李有国性格创造的成功。李有国的性格典型地表现了第二次国内革命战争时期的历史精神，通过李有国观众感受到那个时代的脉搏和呼吸！这给创作领域带来了新的收获，至少是在创造新型人物的阶梯上跨上了一大步。"

电影没有回避红军指战员丰富细腻的情感世界，大胆地表现了赵志芳和凤莲之间的爱情。但由于特定环境的限制，这种情感表达得非常含蓄、婉转，更使得影片显得真实、可信。

精彩回放

红军到达藏族区毛儿盖一带时，连续的行军使教导员伤口复发并得了重感冒，终于支持不住病倒了。伤口化脓发炎的李有国教导员不舍得离开部队，拖着重伤的身体同战士们一起过草地。

草地的险恶和困难是令人难以想象的，到处布满了深黑的泥潭，天气也变幻莫测。李有国并没有因为自己身上有伤就让战友照顾，还是和从前一样，和同志们一起在泥泞中一步步前行。饥饿严重地威胁着部队，团长命令把战马杀掉给病号吃，李有国甚至把皮带也煮熟来充饥。当李有国知道自己伤口溃烂、体质虚弱已到难以坚持的地步，仍以乐观坚毅的精神鼓舞着别人。战士们围在篝火旁，和李有国一起唱起了《国际歌》。这富于感染力的场面，富于感染力的歌声，体现了红军指战员亲密无间的同志情谊和为了胜利不怕困难的崇高信念。

红军桥

那座红军桥人人都可以走，只有财主和白军走不得。只要财主和白军上桥，就会出现红军。

——老财主淹死后，财主的老婆请求白军长官帮她报仇，管家对白军长官说

影片档案

出品：上海美术电影制片厂
编剧：林　蓝
导演：钱运达
摄影：徐俊佃
美术设计：柯　明
动作设计：胡进庆　钱家骍　马克宣
背景设计：刘凤展
作曲：张　栋
演奏：上影乐团
指挥：陈传熙

影片史料

1927 — 1937 年，中国人民在中国共产党的领导下，发动了反对帝国主义、封建主义和蒋介石反动统治的革命战争。中国共产党于 1927 年 8 月 1 日举行南昌起义，8 月 7 日中共中央召开紧急会议，纠正陈独秀的右倾投降主义，确立土地革命和武装起义的方针。随后，中国共产党领导了湘赣边界秋收起义、广州起义和其他起义。1928 年 4 月，毛泽东率领秋收起义部队，与朱德、陈毅率领的南昌起义余部和湘南起义军在井冈山会师。其他起义武装也逐步转向农村，建立红军，开展游击战争。

剧情故事

1927 年，中国共产党领导着人民群众到处开展土地革命。湖南省浏阳县因为红军的到来，乡下的土豪劣绅纷纷逃往城里。

在浏阳县城口有一座桥，它连接着浏阳河的南北两岸。那些逃进城中的土豪劣绅为了阻止老百姓带领红军进城闹革命，过桥后就派人把桥给烧了。这一把火不仅仅烧断了桥，还把乡亲们一年的收成都葬送了。因为在浏阳河的北边有几百亩田的谷子等着收割，现在桥断了，乡亲们只能眼睁睁看着成熟的谷子无人收割。浏阳河湍急的河水，隔断了百姓一年的希望。

正当乡亲们不知如何是好的时候，红军来到了这里！

红军连长知道了群众的困难之后，立即下令让红军战士帮助乡亲们在浏阳河上修建一座桥。红军战士和乡亲们一起唱着山歌，砍伐一株株粗壮的大树，锯成一块块整齐的木板。战士们和老乡齐动手在浏阳河上架起了一座平整宽阔的木桥，并取名"红军桥"。乡亲们特意在木桥的中央竖起一块牌子，将"红军桥"三个大字刻在上面。

　　红军没呆多久就要离开了。乡亲们都盼望他们能早点回来，帮助百姓对抗土豪劣绅。

　　财主得到红军离开的消息之后，立马组织家丁整理行囊，回乡下的大房子。在他们路过这座新桥时，两位财主从轿子里走出来，看着红军这么快就建好的木桥不敢上去。身材肥胖的财主故作镇定地说："你看，他们知道老爷我要回来了，赶忙修建一座新桥，迎接老爷回家嘛！"说罢就走上了木桥。

　　另一位瘦财主唯唯诺诺地跟在胖财主身后，猛然抬头看见竖立在桥中央的木牌上写着"红军桥"三个鲜红的大字，吓得一声尖叫，以为红军来了抱头就跑。胖财主正打算询问发生什么事了，只看见眼前一道黑影撞了过来。随着"扑通，扑通"两声，两个老爷一起掉进了湍急的浏阳河中，淹死了。

　　老财主淹死的消息传到城中，财主老婆哭天喊地要为丈夫报仇，她拿出二百块银元去找当地的白军连长。管家在旁边煽风点火说："那座红军桥人人都可以走，只有财主和白军走不得。只要财主和白军上桥，就会出现红军。"那名白军长官听到后十分恼怒，立马叫来副官，集合部队要去把那座新桥拆掉。

　　乡亲们听到这个消息后，都聚在一起商量着怎么应对。一位木匠思索了一番，说："我有办法保住新建的木桥。"当天晚上，木匠带着一个村民将木桥最上面的一块木板的钉子卸掉，并在桥头的树上安装了一个机关。

　　第二天清早，白军骑着战马来到桥头。连长三麻子拿起手中的望远镜，看见桥上刻着"红军桥"三个大字，气愤地翻身下马。他喊过来班长，让他叫人过去砍下那块牌子。可是士兵一个个吓得要命，都待在原地不敢上桥。三麻子对着班长吼道："你过去，要是不去我就枪毙你。"班长只好硬着头皮向桥中心走去。突然从桥头的树上射下一支箭，吓得班长扭头就跑。三麻子只好自己拿起砍刀走上桥。他刚举起大刀想砍掉"红军桥"的大牌子，突然桥板一翻，三麻子掉进浏阳河里淹死了。乡亲们乘势点燃放在油桶里的鞭炮，"噼噼啪啪"的声音就好像是一阵激烈的枪声，吓得白军士兵狼狈逃窜。

乡亲们放起鞭炮，载歌载舞地唱着："红军桥，造得好，财主老爷过不了。红军桥，造得好，白军坏蛋过不了。财主老爷走一走，跌断脚来跌断手；白军坏蛋摸一摸，撞破脑袋栽下河！"

影评选粹

《红军桥》是根据湖南革命传说改编而成的一部剪纸片。剪纸片是美术片中的一种新样式，是吸取我国民间的剪纸艺术和皮影戏中的精华，结合木偶片和动画片中的一些有益经验发展而成的。

《红军桥》运用动画片特有的夸张手法，表现影片人物内心活动。影片中，一胖一瘦两位老爷走上桥，瘦

老爷因为怕红军没走,从而胆战心惊的,当看到"红军桥"三个大字,吓得东窜西撞,正好撞到胖老爷身上,两人跌入河中。这一镜头很夸张地揭示了老爷们害怕革命、害怕红军的心情。影片利用漫画式的夸张手法渲染人物性格,直接击中要害、尖锐突出。这种手法在故事片中不一定合理,但是在漫画中,这类夸张手法显得十分必要。

精彩回放

《红军桥》的剧情十分紧凑。乡亲们得知白军要来拆桥,马上积极筹划行动进行抵抗,这使得气氛骤然紧张起来,同时产生悬念,观众的注意力立即被剧中人物的一言一行深深吸引过去。镜头中的木匠沉着冷静,只用了一个极为巧妙的办法就破坏了敌人的阴谋,充分体现了广大劳动人民的聪明才智。

四渡赤水

> 战士双脚走天下,四渡赤水出奇兵;……
> 调虎离山袭金沙,毛主席用兵真如神。
> ——歌曲《四渡赤水出奇兵》

影片档案

出品:八一电影制片厂
编剧:黎 明 王 昊 王愿坚
　　　李传弟
导演:蔡继渭 谷德显
摄影:蔡继渭 许连庆
主演:古 月 苏 林 刘怀正

荣誉成就

1983年国务院文化部优秀影片二等奖。

1984年第四届中国电影"金鸡奖"特别奖。

影片史料

1935年1月,遵义会议的召开,实际上确立了毛泽东在红军和中共中央的领导地位。此时,蒋介石为阻止中央红军北进四川同红四方面军会合或东入湖南同红二、六军团会合,调集其嫡系薛岳兵团和黔军全部、滇军主力,以及四川、湖南、广西的军队各一部,向遵义地区进逼,妄图把中央红军围歼在乌江西北的川黔两省边界

地区。危急时刻，毛泽东当即决定立刻转移，西渡赤水河，寻机北渡长江。从此，中央红军在川黔滇边地区进行了一系列机动灵活的运动战，在国民党重兵集团之间进行穿插，伺机寻求战机，牢牢把握住了战场的主动权，演出了一幕军事史上的光辉战例——四渡赤水。

赤水河，长江上游支流，在云、贵、川三省接壤地区，两岸陡峭，多险滩急流。

剧情故事

一

1935年1月，遵义会议结束了王明"左"倾错误领导在全党的统治，确立了毛泽东同志在红军和党中央的领导地位。但是，当时红军所处的军事形势依然十分严重。蒋介石调集约四十万重兵，对仅有三万多人的红军围追堵截，企图将其消灭在遵义一带。为了摆脱这种危险局面，实现北上抗日的战略方针，党中央决定北渡长江，首先与红四方面军会合。

1月27日，红军全部到达赤水河以东地区，立刻遭到黔军和川军的堵截和尾追。

此刻，毛泽东和周恩来观察着前方的情况。突然，一颗炮弹在他们的身后爆炸，黑烟遮住了他们。好在他俩都没事，待烟尘散去，毛泽东掸掸身上的尘土，周恩来举起望远镜观看远方。周恩来有些疑虑，说："干部团都拿上去了，敌人怎么还攻得这样猛？"

这时，刘伯承走到毛、周二人跟前，说："请你们到指挥所去吧！这里太不安全了。"

周恩来转身说："刘伯承同志，情况严重啊！"

毛泽东也说："伯承同志，请你马上去查一下，敌人好像不只是一个旅。"

刘伯承点点头,转身走去。

周恩来对毛泽东说:"北边一军团前进受阻,要是这边的敌人跟上来不止一个旅,可就麻烦了。"

毛泽东点头说:"是啊,很有可能啊!"说着,他又举起了望远镜。

漫山遍野的川军向山坡上冲来,红军战士也冲下山岗。两军冲到一起,展开了激烈的肉搏战。毛泽东放下望远镜,轻轻地叹了一口气,说:"不如意的事情总接着来呀!"

周恩来也焦虑地说:"我看,要准备留一手。"

毛泽东问:"赤水河以西的情况怎么样?"

周恩来说:"守河的是王家烈的袁佑才部,比川军弱,行动也不积极。我已经派人通知就近部队,控制渡口。"

毛泽东说:"好!"

岩石后,"瑞金团"一连的红军战士在团长高翔的带领下,悄悄隐蔽在岸边,监视着渡口。川军司令郭武站在树旁举望远镜观察着前方的动静。后面的参谋长放下电话到他面前说:"司令,潘佐旅上去了。"郭武放下望远镜,叹了口气,说:"好在他们及时赶到了,这下子,要叫共产党看看我们川军的厉害喽!赶紧发电报给总指挥部,说我部经过几番肉搏,正节节取胜,并要求黔军袁佑才部,立即渡过赤水河,从侧翼夹击共军。"

战场上,郭武焦躁地观察着前线,奇怪地说:"袁佑才怎么还没有动静?"他对参谋长说:"命令炮兵,加强轰击!"红军这边,朱德命令参谋:"赵参谋,快从侧翼调一个排上去!"参谋赶紧对着山梁上的部队说:"二排从侧翼上!"

毛泽东走进指挥所,刘伯承递给他一张纸,说:"九局报告说,潘佐的独立第四旅也上来了。"恰在这时,彭德怀打来一个电话。

毛泽东接过电话,只听电话那边彭德怀大声道:"喂,喂,我是彭德怀。在俘虏里面,我们发现川军第三旅的军官。若是川军第三旅上来了,情况可就严重了!"毛泽东听完,放下电话,转身对周恩来和刘伯承说:"这下,不仅仅是四旅,敌人的第三旅也上来了。"

毛泽东点了根烟,边吸边思考着,刘伯承和周恩来交换着意见。毛泽东走到两人身旁说:"我看,被敌人逼到被动的境地是很有可能的。"刘伯承说:"我建议撤出战斗!"毛泽东说:"你也是这么想?"刘伯承点点头。毛泽东果断地说:"撤!抢占渡口,西渡赤水河!"

二

1935年1月29日,红军毅然放弃了从泸州、宜宾之间北渡长江的计划,分别在土城、元厚上下游渡过赤水河,驻兵云南的扎西。

南京，蒋介石坐在办公室的高靠椅上闭目听着王道之的报告："赤水一仗，我军已经打破共军北渡长江的企图，逼迫他们渡过赤水河西窜。学生有督促川军实施平行追击，共军正转向云南的扎西，已成溃散之势。"蒋介石得意地大笑起来。王道之奉承地说："这都是校长坐镇南京，运筹帷幄，方能取得如此重大胜利。"继而，他把战报递上。蒋介石满意地站起来，走近壁炉说："是呀，重大胜利。"王道之像领悟到什么，谄媚地说："师出有名，一举再得！不过，共军这次西去……"他跟着蒋介石走到外面。蒋介石走到墙边说："无非重演当年石达开的故伎。是时候了！剿灭共军，在此一举。把共军全歼在扎西地区，不许一人漏网！"

随后，蒋介石拿起一张手令，说："我委任你督导川、滇、黔剿共的军政事宜。这三万共军和川、滇、黔三省，全交给老弟了。"王道之诚惶诚恐，说："学生肝脑涂地，万死不辞！"蒋介石说："共军已是石达开第二，老弟就是当今的曾国藩！"王道之说："学生明日即起程赴贵阳，校长还有什么训示？"蒋介石阴险地说："请转达给薛岳将军，对共军，要斩草除根！对地方实力派，要恩威并用！"

敌会议室里散乱地坐着各地方军的军官们。王道之和"剿共"总指挥薛岳走进来，众人都站起来欢迎。薛岳把王道之让到会议桌前，对众人说："各位注意，委员长行营督察室王道之主任，奉委座手令来前线督导。众人鼓掌欢迎。"薛岳示意大家坐下，继续说道："现在，共军被迫西窜。北渡长江不成，又陷入地脊民贫之川滇边境，这真是……"王道之插话说："难得的战机，理想的战机。"薛岳站起身说："对！根据委员长电令，我们的战略部署是……"他走到地图前，详细地介绍起具体部署，并勉励各地方军齐心协力，共同"剿共"。

与此同时，毛泽东站在湖南会馆廊檐下的窗口前思索着，他突然想到了什么，走进里屋的桌前坐下，拿起一支铅笔在文件上写了些什么，然后把文件放在一旁，对着手哈了哈气，又思考起来。警卫员小胡端着个炭盆走进屋里，放在毛泽东脚边。毛泽东自言自语地说："是呀，都来啦，这边，还有这边。"他在地图上点着，又伸手摸什么。小胡把烟盒递给他，毛泽东推开说："铅笔。"小胡指指他手中夹的铅笔，两人笑了。

一阵冷风把窗户吹开，小胡站起来去关窗户。毛泽东站起来说："不用管了，下雪路滑，接接总司令去。"小胡刚出门，见朱德、刘伯承走进院子，敬了个礼，说："总司令，主席让我来接你。"朱德点点头，与刘伯承走到里屋门口。见毛泽东正在墙边地图前聚精会神地筹划着什么，朱德示意小胡不要惊动毛泽东。朱德进门后坐下，拿起桌上的文件翻开看着。刘伯承也坐在桌旁。朱德看着，不禁念出声来："我们要随时准备，有时向东，有时向西；有时走大路，有时走小路；有时走新路，有时走老路。"

刘伯承兴奋地说："好一个'走'字。"

朱德说："改得好！"

毛泽东转过身，笑着说："是李富春同志写得好。等恩来看过，送张闻天、王稼祥同志看看，以党中央和军委的名义发下去！"随后，他转向刘伯承问道："一军团的情况怎么样？"

刘伯承说："回来了，聂荣臻同志也出院归队，剑英同志已经把中央纵队精简完毕，新兵也扩充不少。"

"二、六军团和四方面军呢？"

"贺龙和任弼时同志来电报说，他们准备根据军委意图，积极向恩施地区运动，以便造成截断长江的声势。此外，徐向前同志来电报告说，他们从2月3日起发起了陕南战役。"

这时，朱德低沉地说："我们的电台收到国民党的广播，方志敏在怀玉山地区被俘，被押到了南昌。"毛泽东站起来，心情沉重地走到窗边，转过身又问："项英、陈毅同志还没有电报来吗？"

刘伯承推测地说："一直联系不上，很可能是电台遭到了破坏。"

毛泽东从窗边走回来，说："他们留在江西，日子会很难过。"

说话间，周恩来和罗重光匆匆地走进门来。周恩来走到桌前说："滇军很刁滑，怎么引就是不动。"

朱德焦躁地站起来，说："真糟！"

周恩来又说："情况查明了，刚才，'瑞金团'向我报告，他们抓住敌人的一个传令官，供出十三号向我们发起总攻！"

朱德说："这就证明八局的情报是正确的。"

毛泽东站起来，踱步思索，一会儿停步对大家说："为了死去的同志，为了革命胜利，我们没有权利让这三万红军再蒙受不应有的损失。我还是老主意：三十六计，走为上！"

周恩来点头说："对，战士们已经做好了走的准备。"

罗重光在一旁问道："突围？"

毛泽东说:"不,我们现在是偷偷地逃跑,敌人不让我们过金沙江,用重兵把我们围困在这里,那我们就偷偷地逃出去,趁着黔北空虚,杀他一个回马枪。"

月夜,红军大队在山梁上走着,最前面是总部人员。刘伯承对毛泽东等人说:"前面已经接近敌人的封锁线了。"毛泽东问:"怎么听不见敌人的枪声啦?"朱德笑着说:"我刚才调查了一下,这里叫'鸡鸣三省',下了坡就是贵州了,哪里还听得见滇军的枪声啊?"毛泽东说:"我总担心敌人会发现我们的意图。"周恩来说:"这倒可以放心,这次我们突然回师,出敌意外,也许他们正在做围歼我们的好梦呢!"毛泽东说:"那就让他们做梦吧!反正我们已经跳出敌人的合围了。"周恩来说:"现在的关键是再次抢渡赤水河。"刘伯承说:"我已到先头团安排好了。"

随即,几名首长走下山坡,后面的红军队伍也走下山坡。

三

在敌人调集大军向我军发动总攻之前,红军突然回师东进。1935年2月19日、20日先后从太平渡、二郎滩、林滩一带,第二次渡过赤水河。指挥所内红军几位领导人围着桌上的地图在研究下一步的行动。刘伯承分析着敌情说:"黔军的部署是桐梓摆了一个团,"他的手在地图上指着说,"敌103师的一个团昨晚上从赤水县开到对岸,从娄山关经板桥到黑神庙摆了三个团,从董公寺到遵义摆了三个团。"

毛泽东吸着烟说:"蒋介石嫡系部队的周浑元纵队有什么新动向?"

刘伯承说:"两个师仍在怀仁、茅台一线,正在向叙永方向移动,准备在叙永大道夹击我们。"

朱德嗤之以鼻:"都是些马后炮专家。"

周恩来分析说:"黔军摆的这条长蛇阵,倒是便于我们分割包围各个歼灭。"

朱德站起来比画着说:"我们以五、九军团担任后卫队和侧翼掩护,把追击的川军吸引到温水松坎方向,然后集中一、三军团,再加上干部团,把黔军一段一段敲掉。"

周恩来补充说:"要完成分割包围任务,首先要夺取娄山关。"

毛泽东担心地说:"必须把敌吴奇伟的纵队也考虑进去。"

刘伯承有些担心,说:"如果吴奇伟纵队北渡乌江向黔军增援,对我们来说是个威胁。"

毛泽东点头说:"吴奇伟纵队距黔军最近,肯定要来增援。不过,他们之间有矛盾,不会马上来增援,这就给我们赢得时间,先消灭黔军,再集中力量对付吴奇伟。"毛泽东站起来,用手在地图上量着,又扳着手计算一下,抬起头来说:"你们看这样行吗?一军团派一支部队消灭桐梓的敌人,主力部队25日向娄山关发起攻击,同时分割包围板桥之敌。"

朱德站起来说:"会有点阻力。"

毛泽东果断地说:"那就请彭德怀担任前敌指挥。关键是要抓住战机,勿使良机稍纵即逝。"

赤水河东岸山坡上的战斗结束后,高翔正统计着收缴战利品的情况。通讯员报告说:"团长,总部电话。"高翔走下石崖,接过参谋手里的电话,话筒中传出一个声音:"我是毛泽东。高翔同志,有个新任务交给你,总部给你们派个向导,立即出发,选取捷径直扑娄山关,配合主力在二十五日拿下娄山关。"

国民党总指挥所内,薛岳和王道之坐在会议桌前交谈。一名副官递上电文说:"川军郭司令官来电,叙永地区的共军已经东渡赤水河。"王道之不相信地说:"这绝对不可能,共军意在西渡金沙江,怎么会东渡赤水河?这明明是掩护渡江战术动作,是佯攻。"薛岳同意地点点头。

这时，另一参谋上前报告说，黔军袁司令打来电话。薛岳站起来到外室接电话，王道之跟着走了出去。电话那头，袁佑才愁眉苦脸地说："总座，共军正在向我桐梓、温水地区进攻，松坎方向也出现共军主力！"薛岳说："你们不要上了共军游击队的当，这是他们的老战术：声东击西。"袁佑才说："这一次恐怕是声西击东！"薛岳一惊说："什么？声西击东？"他撇开电话，向王道之征询说："黔北空虚，要不要调吴奇伟的纵队过江？"王道之阴险地说："万一共军是声西击东，先让黔军与共军厮杀一场，等他们两败俱伤之后，再调吴纵队去收拾残局。"薛岳拿起电话向袁佑才命令："坚持守住娄山关。"

"瑞金团"在向导赤水伯的带领下，行进在崎岖的山路上。与此同时，大队黔军沿公路向娄山关方向增援。高翔登上山顶，来到战士们的身旁命令道："打！"公路上，国民党军受到侧面火力袭击，乱了阵脚，纷纷卧倒躲避。关口内外，战斗正在激烈进行。山坡上，公路上，红军和敌人混战在一起，枪声、炮弹声不断。渐渐地，在

关外与敌人厮杀的红军大部队开始向关口猛攻，勇猛地追击着顽抗的敌人。最终，红军大队成功进入娄山关。

在娄山关指挥部内，刘伯承在向毛泽东报告情况："三军团前锋已经过了板桥，在黑神庙打垮了王家烈的一个团，正向遵义追击。"毛泽东踱步，思考着说："一军团行动要快！"刘伯承说："已经限他们27日早晨到达遵义附近的董公寺地区。"毛泽东转身说："告诉他们，要先占领遵义，把吴奇伟的两个师部阻击在遵义城外！然后……"他两手做了个围歼的手势，接着又说，"关键是控制住城南一带的高地，让'瑞金团'出发绕过遵义，直取城南的老鸦山。"

汽车里，王道之不失身份地煽动着说："现在，正是你吴奇伟将军建功立业之时。只要我们赶到遵义和王家烈一会合，共军就要屯兵坚城之下了。"这时，一黔军高级军官带着败兵，朝王道之和吴奇伟坐的汽车走来。那名军官说："报告吴司令官：共军已经占领了红花岗和老鸦山一带山头。"吴奇伟说："他们真快呀！"王道之看着吴奇伟，旋即坚决地说："攻！"吴奇伟有些犹豫："他们可是胜利之师呀！"王道之满不在乎地说："胜利之师，也是疲惫之师，攻！"吴奇伟只好答应了。

乌江两岸的公路上，挤满了敌军官兵。山顶上的红军战士已经做好了战斗准备。高翔一声令下："射击！"公路上的敌人突然受到打击，一下乱了套。个别敌兵开始向山上还击，边打边退。对岸的敌人顾不上还击，就急急忙忙向前跑，乱作一团。

红军指挥部里，毛泽东站在门口等待什么。罗重光兴奋地跑来说："主席，'瑞金团'已控制了乌江渡口！"毛泽东轻呼了一口气，拍着罗重光的肩膀说："走。"

四

红军为了实现由金沙江北上的战略计划，决定进一步调动敌人。

3月16日，红军由茅台镇第三次渡过赤水河，向四川古蔺方向前进。

敌指挥所内，一名副官站在地图前讲解说："据空军和谍报人员侦察说，共军四路纵队渡过赤水河后，继续西窜。"薛岳听了之后，苦恼地转身走到王道之身边说："共军非但没有分散游击，反而全军西去，实在叫人担忧。"王道之思索了一会儿，说："共军这样大规模日夜兼程地行动，一定是过江心切。伯陵兄（指薛岳），机不可失，时不再来。雪洗遵义挫败之耻，在此一举。"薛岳不同意地摇摇头，说："周浑元的纵队已经过了赤水河，吴奇伟的纵队在北区，乌江以南就空虚了！"王道之说："委座不久就要抵黔，要是贻误战机，你我可担当不起呀！"薛岳长叹一口气，靠在沙发里，忧心忡忡地思索着，没有再说话。

红军三渡赤水河，再一次造成北渡长江声势，诱使敌人调乌江以南的主力部队过江向北追击。红军达到调动敌人的目的后，迅速回师。3月21日，红军分别在二郎滩至林滩地段第四次渡过赤水河。3月31日，红军除红九军团留在乌江以北机动外，主力全部南渡乌江。

敌指挥所内，薛岳走向地图，转身叹气说："道之，我们上了红军的当了。目前，连地方军队算上，我手里总共只有四个团，可主力远在赤水河两岸。我已经命令他们火速回师，刚才又发出了万万火急电令，催促他们日夜兼程赶回。"王道之正坐在茶几前摆弄扑克，说："只怕远水救不了近火。"薛岳分析说："近处只有广西军队，可是大股共军东去，有去湘西和他们的二、六军团会合之势，不然就命令广西军队协同湖南军队进行防堵。"说着，他走到王道之身旁坐下。王道之说："广西军队？请神容易送神难！"薛岳向后一仰，说："那，就只有云南军队可调了。"王道之一惊："什么？东调滇军？决不能做这种蠢事。滇军一动，金沙江的大门就打开了。我看，还是不动为妙！"薛岳说："道之啊，自从共军指挥易人，我军一再失误，如今共军又来了个新花招。唉，可该怎么办呀？"王道之忧心忡忡地说："伯陵兄，委员长驻贵阳，这千斤重担……"薛岳无奈地长叹一口气。

不久，蒋介石直接飞到了贵阳，亲自督战。一天，王道之和薛岳两人正在讨论黑水镇的战斗情况。正说着，蒋介石缓步下楼来。两人急忙站起立正。蒋介石询问薛岳说："伯陵，你看共军此次行动的意图何在？"薛岳说："请委座明示。""屯兵坚城之下，谅共军还不敢！"蒋介石稍加思索，命令薛岳："派一个营夺回黑水铺。"王道之不解说："一个营，白送礼？"蒋介石冷笑着说："我倒要看看，这份礼他们敢不敢接？"接着，他又命令薛岳说："后面再派两个加强营跟进。"王道之和薛岳会意地点头。

战斗打响了。漫山遍野都是冲上来的敌人，一部分敌人已经冲上了阵地，红军战士与敌人展开了肉搏。这时，朱德带领"兴国团"的战士们赶到，援助"瑞金团"的火力攻势。朱德高喊着："把敌人压下去！"继而又命令司号员吹响冲锋号。"瑞金团"的战士们端着枪，冲出了战壕。敌指挥部门前的守敌支持不住了，纷纷逃跑。红军战士冲了上去。

国民党指挥所内，孙渡和薛岳坐在沙发上，王道之匆匆走进来说："孙司令官的大军一到，共军立即东窜。"他坐下来，打开皮包拿出一张伍万圆整的支票交给孙渡，说："委座嘉勉。全体将士都有犒赏。"薛岳站起来走到王道之面前，说："空军报告，共军在清水江架桥。"王道之突然醒悟过来，说："现在我才真正弄清了共军的动向，如今就用勤王之师追击东去共军。"

一天，红军的"瑞金团"在山梁上行军。一侦察兵从山梁后跑上来，对高翔说："报告团长，公路上发现敌人！"高翔果断地命令说："继续监视敌人，准备战斗！"

原来，公路上的敌人是王道之和孙渡。他俩正仰坐在小汽车后

座上，说着话。王道之收起地图说："真想不到红军这次渡赤水河又来了个声西击东，完全是意外！"孙渡沉着脸说："我倒怕他们这次真的是声东击西。"王道之心里一惊，说："你是说他们的目标是金沙江？"孙渡说："'兵者，诡道也'，我真担心……"话未说完，车外响起了枪声。

山梁上红军依山势向下猛烈射击。大队滇军受到山上火力袭击，乱作一团，慌忙在原地抵抗。激战中，王道之被子弹打中，孙渡推他下车说："道公，躲一躲。"王道之和孙渡钻出汽车。不料，王道之又中几弹，倒地身亡。孙渡见状不妙，急忙顺公路逃命而去。山上的红军冲下山来，公路上的滇军抵挡不住，纷纷撤退。

一名红军战士冲到汽车前，打了一梭子弹，钻进汽车里取出了一卷地图，喊道："团长，你看，地图！"高翔打开一看说："云南地图，哪来的？"战士兴奋地指向山下的汽车。高翔说："太好了！"这时，高翔看见了山上的首长，他兴奋地向坡上跑去。毛泽东等人也看见他，赶紧迎上来。高翔对几位首长一一敬礼，毛泽东等人和高翔亲切握手。

毛泽东拍着高翔的肩说:"你们很好地完成了任务!高翔同志,你不但是我们的团长,还是敌人的指挥官喽!"高翔说:"是军委指挥得好,连俘虏都说'白军是狗,红军牵着走'。"说完,大家笑了起来。刘伯承问高翔说:"你手里拿的是什么?"高翔说:"云南地图。"高翔打开地图,几位领导人围过来。毛泽东伸手在地图上比量着,他说:"东边龙里,西边倪儿关,三十华里……"一会儿,他抬头对朱德说:"一军团佯攻龙里,牵制贵定方面的敌人,三军团控制倪儿关,向贵阳警戒。我们就从这个三十华里的空隙,跳出敌人的战略包围。"周恩来说:"然后迈开大步,进云南!"一旁的高翔问:"我们去哪里?"朱德指着地图大声地说:"金沙江!"

红军四渡赤水河、南渡乌江的行动,迫使追击的几十万敌兵被远远抛在后面。1935年5月5日,红军夺取金沙江的皎平渡口,用七条木船从容地渡过金沙江,胜利实现了战略计划。浩浩荡荡的红军队伍沿着崎岖的山路,向北踏上新的征程。

影评选粹

《四渡赤水》成功再现了毛泽东军事思想光辉的一页,较好地塑造了无产阶级领袖的群像。它是我国电影史上成功地通过纪实性、全景式的艺术表现手法来展现革命战争的壮丽场面的影片,具有很强的真实感和视觉效果。影片的创作者并没有迷恋在"奇""神"上,而是以朴实的手法,作了近似于纪实性的描绘,显示了对于"史传"性作品的逼真的美学追求。

影片中一渡赤水的空中摄影,给观众呈现出伟大的历史长卷,给人留下了极深刻的印象。导演有意识地加强了镜头运动效果,

 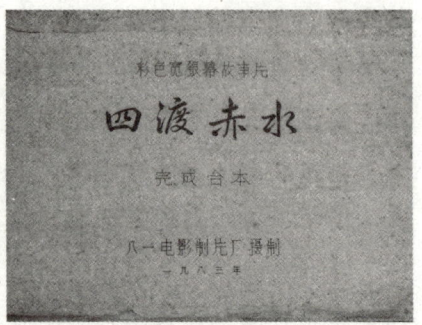

给人一种浓重的油画般感觉。著名电影评论家钟惦棐认为，本片特别值得注意的是无论导演、摄影，在确立创作思想时都力求朴素、通晓，而警惕离开影片内容作纯技巧性的追求，已经成为这部影片的特色。

《四渡赤水》主要写的是红军战略思想，对以毛泽东为首的统帅部作了重点描写。所以，影片并没有将镜头过度地用于硝烟弥漫的战场上双方战士激烈厮杀的描写，而是将视点集中在双方大本营，通过双方将领运筹帷幄和斗智斗勇，勾勒出一场没有硝烟反而更加惊心动魄的战场。

精彩回放

大雨瓢泼，毛泽东等人一同走进帐篷，大家擦着雨水。毛泽东坐在地图前面，思考着刚得到的消息。罗重光从挎包中抽出一份报纸交给朱德，周恩来坐在旁边一起看着报纸。报纸的头版醒目地写着："击毙共党首要份子毛泽覃。"周恩来示意朱德将报纸收起来，不要惊动毛泽东。

毛泽东正聚精会神地审视着地图，研究着红军下一步的作战计划。朱德悲愤地抬起头，忍不住捶了一下床板。毛泽东闻声站起来问："发生什么事情了？"

"毛泽覃同志牺牲了！"朱德说着走上前递过报纸。

毛泽东看着报纸上毛泽覃在江西阵亡的噩耗，一言不发。他缓缓走到指挥部门口，面对漫天大雨，眼中含泪。这时，天空响起一声闷雷。随即，毛泽东转身向通信员开始传令……

编剧在影片中加入了这段镜头，真实地塑造了毛泽东同志的光辉形象。这段细腻的感情刻画得相当有水平，最大程度地收到了此时无声胜有声的艺术效果。

洪湖赤卫队

仿佛当年做斗争，
韩英刘闯造型真。
一篇史诗流传出，
音乐悠扬更动人。
　　——董必武为《洪湖赤卫队》题词

影片档案

出品：北京电影制片厂　武汉电影制片厂
导演：谢　添　陈方千　徐　枫
摄影：钱　江　陈国梁
作曲：张敬安　欧阳谦叔
录音：吕宪昌　张家克
剪辑：朱小勤
演员：王玉珍　夏奎斌　傅　凌

荣誉成就

《洪湖赤卫队》公映之后获得了全国观众的一致好评。雷锋在1962年1月13日的日记中写道:"今晚,我看了《洪湖赤卫队》电影,感到浑身是力量,我激动的心情像大海的浪涛一样,总也不能平静。共产党员——韩英同志那种坚强勇敢、不怕牺牲的精神给了我莫大的鼓舞和无穷的力量。……我决心永远向韩英学习,为了党,我不怕上刀山入火海;为了党,哪怕粉身碎骨,永不变心。"本片荣获第一届大众电影"百花奖"最佳音乐奖。

影片史料

湘鄂西苏区反"围剿"

1930年11月至1931年4月,国民党军以6个师7个旅,先后向以洪湖为中心的湘鄂西苏区发动了第一、第二次"围剿"。中共湘鄂西特委领导红军独立团和地方武装开展游击战争,歼灭国民

党军1个团大部和4个营，击溃3个团。9月，国民党2个师又1个旅，向洪湖地区发动第三次"围剿"。坚守苏区的红军第二十五团和游击队进行游击战争，打击国民党军。10月，红军第三军由湘西北返回洪湖地区，国民党军的进攻随之结束。

保安团

国民党统治时期的地方武装。1932年，国民党政府将各县的武装"民团"改成保安队，后在各省发展到保安团、旅、师。县一级设总队部，下辖若干个队，是国民党维护其反动统治的工具。

剧情故事

一

1930年夏，湘鄂西根据地的中心——洪湖，风云多变。国民党保安团趁红军开辟新区之际，纠集豪绅恶霸，卷土重来，妄想复辟。彭家墩的恶霸地主彭霸天和国民党保安团团长指挥保安团一路烧杀抢劫。洪湖地区迎来了前所未有的巨大考验。

此时，洪湖的十里渡口已陷入一片火海之中，河滩上横七竖八地留下了一片尸首。

保安团团长、彭霸天等人骑着高头大马来到了洪湖岸边，跟在后面的保安团团丁也紧跟着跑了过来。保安团团长身边的张副官看着破败不堪的村庄，显得忧心忡忡。一旁的彭霸天则显出一副得意扬扬的神情，他兴奋地对旁边的保安团团长说："团座用兵如神，彭某钦佩之至！"保安团团长用敷衍的语气说："哈哈哈，这也是老兄的白极会协助之功嘛！"接着他转向张副官说："命令全军火速渡河，直扑彭家墩！"张副官应道："是，马上出发！"保安团团丁、白极会匪徒领命后，一窝蜂地向渡口扑去。

　　此时，赤卫队员们全部聚集到了彭家墩乡工农政府大门前，他们正在磨刀擦枪，准备消灭来犯之敌。赤卫队队长刘闯雄姿英发，环视了一下四周的人群，激动地问："同志们，准备得怎么样了？"队员们激昂地回答："准备好啦！快下命令吧！"面对气焰嚣张的敌人，刘闯再也克制不住心头怒火。他猛然从身后拔出雪亮的大砍刀，大吼一声："不怕死的跟我来！"说着，将刀一举，转身向前冲去。霎时间，队员们高声呐喊着向岸边冲去，气势冲天。

　　忽然一声喊声传来："同志们，站住！"刘闯、黑牯、克虎、春生和众队员、乡亲们回头看到是县委书记韩英，便都停下脚步，向韩英涌了过去，争相询问。此时，刘闯还想继续去打头阵，却被韩英坚决阻止："刘闯同志，目前我们不能硬打！"然后，韩英根据县委的决定向赤卫队员们传达了撤退的命令，刘闯不愿意，韩英便向他说明这次撤退是根据井冈山斗争经验决定的。她充满信心地说:"贺龙同志说,毛委员用'敌进我退,敌驻我扰,敌疲我打,敌退我追'的方法,打垮了国民党军队,使苏区和红军有了发展,红旗举得更高了!"刘闯思索了一会儿,若有所悟地点点头。

随后,韩英找到胡子爹,决定让他留下,负责交通工作,并安排了一个新的任务:"你要和地下党一位同志联系,传递情报。信号是,他用红花白象牙烟嘴,去掉烟头吹两下,你就说'人老了,弦也调不准了',记住了吗?"胡子爹叫她放心。她补充说:"你和小红假装卖唱,便于行动!"

这时,敌人正沿堤岸奔袭而来。为了拖住敌人,赢得撤退的时间,赤卫队员们想出了一条妙计。他们悄悄来到芦苇深处,将点燃的鞭炮扔进铁桶,发出了剧烈的响声。敌人听到后以为是枪声,便慌忙向保安团团长报告:"前面发现敌情!"保安团团长举起望远镜向湖面瞭望,只看见浩荡的芦苇丛中红旗招展,船桅如林,便高声叫道:"命令机枪给我打!"保安团的机枪、步枪胡乱地向湖中射击。当保安团发现自己中计时,赤卫队员们已全部上了船,向洪湖深处退去。

彭霸天为了庆贺成功占领彭家墩,大摆宴席。在席上,他得意忘形地对那些土豪劣绅说:"石板栽花无根底,穷鬼竟想上天梯。三十年河东,三十年河西,哼!洪湖又成了我们的天地！"这时，保安团团长到了，彭霸天马上吩咐摆宴。保安团团长说："兄弟是一来拜寿，二来辞行啊！"彭霸天紧张地问道："团座有何公务？"保安团团长假装无奈地说道："共军在江南活动频繁，上司命令，各路兵马准备围歼！"彭霸天担心地说："团座，这彭家墩乃洪湖咽喉要地，团座虎威远离，那我们……"保安团团长笑道："不用担心啰！"接着他命令匪连长把枪抬进来，说："这算兄弟我送给你的寿礼了！"彭霸天献媚地说："当真是生我者父母，知我者团座也！"

私下里，张副官趁胡子爹过来为彭霸天演奏曲子时，二人接上了暗号。保安团团长听见小红的歌声很恼火，便大喝道："叫他们滚蛋！"张副官故意随声附和说："唱的什么鬼曲子，滚滚滚！"一边说一边趁机掏出夹有情报的钞票塞到胡子爹手中。胡子爹领着小红赶忙走了。

胡子爹回到家中急忙将纸条交给赤卫队的交通员王三。在小油灯下，王三打开纸条，轻声念道："保安团欲去追击红军，速来劫枪，牵制敌人！"胡子爹叫王三赶快把纸条送交韩英。

韩英接到情报后，立即和刘闯等人研究对策，做出了决定。她对大家说："时间紧迫，根据大队的决定，立即行动吧！"王金标要把这件事自己包下来，韩英不同意。王金标不满地说："哼，小题大做，看不起我。我另闯一条道给你们瞧瞧！"

一切按计划行事。很快，韩英、刘闯率领赤卫队员迅速摸进彭家大院，来到了大厅外。刘闯观察后，对韩英说："怎么办？枪在里面，人也在里面。"韩英思索了一下，决定使用调虎离山之计。此时在大厅里面，保安团团长正贪婪地望着桌上的金条、银元，这是彭霸天的答谢礼。保安团团长贪心不足地问："还有粮草军饷呢？"彭霸天心中恼火，不得已应酬道："三天之内，一定办齐。"话音刚落，便听到外面枪声大作。窗外老幺惊呼："老太爷，共产党从村外打进来啦！"保安团团长立即命令张副官："快，快集合队伍！"说完向外冲去。

张副官跑进大厅，顺利将一个正在看守枪支的匪徒骗开。刘闯见保安团团丁已走，一挥手，队员们相继顺走廊奔入大厅，收拾枪支、子弹。忽然，老幺带着几个白极会匪徒走了过来。张副官见状，急中生智，顺手向月亮门打了一枪，随即喝道："谁？"老幺以为发现了赤卫队，急忙随着张副官朝月亮门追去。赤卫队员见四周再无动静，立即背上枪支、子弹向侧院跑去。队长刘闯把插有一张纸条的小刀甩向门旁的圆柱，不慌不忙地从侧院撤走了。

老幺追了一阵，不见人影，又率匪军返回厅内取枪。这时，保安团团长与彭霸天也从外面赶了回来。忽然，老幺从厅内跑出来，丧魂失魄地叫起来："啊，老太爷，枪没有啦！"接着又惊叫道："啊，刀！"彭霸天也大惊失色，嚎叫道："快，快拿下来！"老幺战战兢兢地取下小刀，把纸条交给彭霸天。几行大字赫然入目："老子本姓天，家在洪湖边，今天来借枪，明朝打江山！"落款是"洪湖赤卫队"。

保安团团长暴跳如雷地叫道："张副官，集中所有人给我追！"彭霸天忙上前阻止，他阴险地对保安团团长说："小不忍则乱大谋啊！"

"老兄高见是……"保安团团长一时不明白彭霸天葫芦里到底卖什么药。彭霸天阴沉地对保安团团长耳语了几句。保安团团长恍然大悟，下令队伍连夜向县城撤退。

二

赤卫队员劫取了敌人的枪支后，回到了洪湖。一轮红日冉冉升起，千里洪湖波光粼粼。韩英满怀着胜利的喜悦，和队员们一起捕鱼、采藕、摘莲。朝霞染红了湖水，大家笑逐颜开。克虎把劫枪战斗编成歌，与春生手舞足蹈地唱了起来："这一仗打得真漂亮，个个像猛虎下山岗，黑夜摸进彭家墩，好比神兵从天降。"大家都沉浸在动人的歌声里。

不久，王三带回敌人连夜撤向县城的消息，韩英马上把大家叫到芦苇荡中分析敌情。刘闯说要趁机打回去，黑牯却说彭霸天在摆迷魂阵。韩英说："对！彭霸天想骗我们回村，好把我们一网打尽。"这时，一名队员匆匆摇船靠岸对韩英说："韩书记，信！"韩英接过信看了一下，说："县委指示。"接着便朗读起来："你们昨夜缴枪，打击了敌人的气焰，特此祝贺。今晨保安团已离县城，据情报，他们伪装撤退，纠集白极会，企图搜湖，你们要严加防范。"

刘闯听了之后，恍然大悟地说："嗨，我差一点搞岔了！"韩英趁机教育大家说："这件事告诉我们，只有按毛委员指示办事，像葵花向阳那样，时刻和党紧紧连在一起，才有力量排山倒海，战无不胜！"她说完便马上布置队伍进行转移。

这时，王金标来到赤卫队隐藏的湖墩上，得意地对大家说，昨晚他到李家台联保公所逛了一趟，搞到了手枪和银元。队员们批评王

金标,指出他单独活动,违反组织纪律。王金标不服,和大家吵了起来。韩英严肃地批评王金标:"你的言行很不像一个革命干部!"王金标狡辩,说他弄来枪和钱,是为了革命。韩英揭穿他,说:"不!你不是为了革命,是为了表现自己。"王金标被说得哑口无言。

忽然,几名赤卫队员押着一名伪装成渔民的白极会匪徒走了过来。刘闯上下打量一下这个可疑的人问:"干什么的?""打鱼的。"那人支支吾吾地答道。刘闯猛地撕开他的外衣,露出胸兜,上边印着白极会八卦图。

见已暴露,匪徒凶相毕露,公然威胁赤卫队投降。刘闯怒不可遏,一掌打翻匪徒,掏枪将他打死。清脆的枪声响彻湖面,韩英阻拦不及,着急地说:"刘闯同志,你暴露目标了!"

芦苇荡中,保安团团长听到枪声,异常惊喜,他立即挥枪叫喊:"给我上!"埋伏在芦苇荡中的匪船,一齐向湖墩扑了过来。韩英考虑到敌人来势凶猛,不能正面硬打,便立即部署了作战计划:"刘闯同志,你带一小队绕到敌后,用火力把敌人引过去。黑牡领着大队向西转移,晚上到分水汊会合。马上行动,快!"她自己留下来,与小刘、王金标等人伏在蒿草中紧盯着敌人,等待匪船靠近时,再予以猛烈射击。湖面枪声骤起,阴险的保安团把彭家墩的乡亲们押在船上,向湖墩方向驶来,企图阻止赤卫队的反击,趁机包围湖墩。

机智勇敢的韩英立即命令队员停止射击,并让他们先安全隐蔽起来,然后自己才钻进茂密的芦苇深处。不久,小刘不慎被捕,面对敌人怒目而斥,壮烈牺牲。

气急败坏的保安团团长向乡亲们吼道:"你们说不说?"乡亲们异口同声地说:"就是不知道!"保安团团长命令:"架机枪,预备——"在这千钧一发之际,传来了威严的喊声:"住手!"只见韩英冲到敌机枪手跟前,奋力推开机枪。她巍然屹立在刀枪丛中,怒视敌人。乡亲们崇敬地看着韩英,她被捕了。

三

韩英被关进牢中,她虽然镣铐缠身,遍体鳞伤,但坚定沉毅,毫不屈服。她时常勉励自己:"莫难过,莫悲伤,赤卫队员百炼成钢。我们是燎原烈火,要把敌人和灾难全烧光!"

面对敌人的威逼诱骗,韩英毫不动容。阴狠毒辣的彭霸天拿韩英没办法,于是便布置老幺把韩英娘捉来送进牢房,妄图利用母女之情劝降。

一天,彭霸天走了进来,让韩英给红军写招降书。韩英娘冷冷一笑,胸有成竹地对女儿说:"英姑,听娘的话,娘说你写!"韩英会意,毅然提笔。韩英娘激昂地念:"洪湖赤卫队,快跟贺龙回。活捉彭霸天,消灭白极会!"韩英写完,拿起纸条向彭霸天扔去!彭霸天气急败坏,叫道:"来人啊,把老太婆绑起来!""用不着绑!"韩英娘挣脱保安团团丁的绳子,整了整衣服和头发,昂然而去。

韩英用犀利的目光盯着彭霸天,坚定地说:"你的算盘打错了!告诉你,只有革命的共产党员,没有投降的共产党员!"彭霸天恼羞成怒,正要发作时,老幺来了,他低声说:"王金标过来了。"彭霸天转身对韩英说:"韩英姑娘,事在燃眉,何去何从你要当机立断啊!"

敌人的阴谋失败了,彭霸天把叛徒王金标叫来,让他向赤卫队透露,天明之前,要把韩英押送武昌,把赤卫队勾引出来。原来,彭天霸早以一堆银元和委任连长的官衔将王金标收买。王金标讨好地对保安团团长说:"团座放心,你把队伍埋伏好,到明早五更头,我保证把赤卫队引来上钩。刘闯是个毛小子,好对付。"王金标卑躬屈膝,领命而去。

当张副官知道情况后,不安地踱着步,思忖对策。这时,他的

　　助手过来低声报告说一切都已准备好了。张副官见四周无人，悄悄对助手说："同志，情况更紧急了，马上行动！"于是，他俩便悄悄来到牢房，干掉看守的保安团团丁，成功救出了韩英，并告诉她，王金标叛变了，敌人企图把赤卫队骗出洪湖来歼灭；红军马上攻打沔阳县，上级指示赤卫队要配合作战。最后，张副官为帮助韩英赶回洪湖挽救危机，不惜暴露身份阻挡敌人，壮烈牺牲。

　　王金标经过一番乔装打扮，先一步来到赤卫队驻地。他假装昏迷，经大家抢救又"醒"了过来。秋菊忙问："你回来了，韩书记呢？"王金标说："啊……不得了哇！彭霸天决定五更时分把韩书记押到武昌城去！"说着王金标站了起来，对刘闯说："队长，快想办法吧！天一亮就迟了！"有人提议去劫牢，王金标慌忙阻拦："不行啊！敌人戒备很严，我们最好埋伏在半路上，等敌人押韩书记来时，给他来个一网打尽！"队员们催刘闯下令，他心绪缭乱，说："同志们，准备行动！"他整顿裹腿时，触到韩英送的刀，精神一震，仿佛听见韩英说："毛委员教导说：'我们不许可任何一个红军指挥员变为乱撞乱碰的鲁莽家。'"

刘闯稳了稳神，警惕地问王金标："你怎么知道敌人要押韩英到武昌去？"王金标支支吾吾地说："是敌人哨兵议论时被我听见的。"

"那你是怎么逃出来的？"刘闯接着问道。"我是趁哨兵打瞌睡，在墙角磨断绳子才逃出来的。"王金标愈发心虚。这时，刘闯已经看出了破绽。"好吧！你去休息一会儿，让我先想想。"王金标见势头不对，无可奈何地说："那也好，不过要快，天要亮了。"刘闯暗示队员们盯住王金标。

这时，打扮成白极会保安团团丁的黑牯，侦察回来了。他已经找到了县委，兴奋地说："县委四处派人找我们，还说贺龙同志率领红二军团已连夜从仙桃镇向洪湖开拔了。"说着，递给刘闯一封信，"这是县委指示。"县委命令赤卫队速到李家台接受新的战斗任务！刘闯命令大队马上出发。王金标趁队伍行动时，溜进芦苇丛，逃跑了。

韩英和小红驾船穿过敌人的严密封锁，在分水汊墩上岸后，到处寻找赤卫队，正巧碰见了被赤卫队识破的叛徒王金标，并与之搏斗起来。这时，克虎和春生跟踪了过来，春生用枪打中王金标的胳膊。王金标忙下跪求饶。韩英从克虎手中拿过枪来，一字一句地说："我代表人民宣判，对万恶的叛徒王金标处以死刑！"王金标还想逃跑，韩英举枪射击，叛徒应声倒地。

当保安团团长得知共军红二军团快要打进县城时，便急忙纠集保安团团丁，离开彭家湾，沿堤岸向县城奔去。没想到，他们恰好进了红军和赤卫队的埋伏圈。"同志们,冲啊!"红旗飞舞,杀声震天,赤卫队员们向敌群猛冲过去。敌人企图顽抗,赤卫队员们猛冲猛杀,打得保安团团丁跪地求饶。最后,保安团团长和彭霸天也纷纷被赤卫队员结果了狗命。

赤卫队消灭了白极会匪徒,乡亲们获得了解放!战斗胜利地结束了,广场上赤卫队员和乡亲们万分激动。韩英兴奋地对大家说:"乡亲们!同志们!彭霸天消灭了,我们还要配合红军继续前进!"

彩霞万道,旭日初升。在苏维埃大门前,彩旗纷飞,锣鼓喧天。乡亲们热烈欢送红二军团出发继续追击敌人。刘闯、克虎、春生等赤卫队员参加了红军,雄赳赳地走在队伍中间。

在韩英和乡亲们的欢送下,红军战士们纷纷上了船。一望无际的宽阔湖面上,万船齐发,红军向着新的胜利挺进。

影评选粹

巧妙组接·强烈对比

电影《洪湖赤卫队》由同名歌剧改编而成。电影实景拍摄,演员在实景中进行表演。整个作品气势宏伟壮阔,格调高昂激进,充满了英雄主义气概。

影片尽可能使歌剧以唱为主的抒情叙述形式,与电影真实的视听形象特性相适应,巧妙地把歌唱形式运用到情节气氛的渲染和人物情绪的揭示中。例如韩英在牢房中唱起"没有眼泪没有悲伤"的唱段时,铁窗内遍体鳞伤的韩英与秋风瑟瑟、月光朦胧的芦苇荡以及焦急的赤卫队队员们的镜头巧妙地组接在一起,大大增强了电影艺术的感染力。

在语言和音乐方面,编剧和作曲家创造性地吸收了色彩鲜明、风味浓厚的江汉民歌曲调,而且在歌唱形式上不拘一格。既有角色唱腔，又有幕后伴唱；既有独唱、对唱、轮唱，又有合唱；既有构成情节发展的唱词，又有只起抒情、状景、烘托气氛作用的唱词。这些唱词或宛转悠扬、优美挺拔，或浑厚粗犷、亢奋激越，给观众留下了极其深刻的印象。

影片运用了强烈的对比手法。鱼米之乡，山水秀丽，而生活在这里的百姓却苦不堪言，因为这里的社会环境动乱不安。人们要想过上幸福美满的生活，必须推翻欺压百姓的反动统治。

韩英、刘闯、张副官等英雄人物性格各异，但他们都具有一个共同的特点：对党和人民无限忠诚，立场坚定；勇往直前，置个人生死于度外。影片通过这些英雄人物的形象，赞扬了他们坚定的革命信念，宁死不屈的高尚品质。

突破乌江

> 好，好，我们欢迎你们参加自己的队伍。
> ——秦政委激动地对纷纷报名参军的老百姓说道

影片档案

出品：八一电影制片厂
编剧：朱　欣
导演：李舒田　李　昂
摄影：寇纪文　冀　明
美术：麦　一
作曲：石　峰
主演：李久芳　周正禹　于纯绵

荣誉成就

这部反映红军二万五千里长征的前奏曲"乌江战役"的故事片,是八一电影制片厂于1961年推出的。最初的文学剧本内容单薄,没有准确反映出这场战役的全貌。经过电影工作者的精心修改之后,这部影片成为表现革命历史重大题材的经典作品,赢得了全国观众的赞誉。

影片史料

1934年冬,中央红军一、三、五、八、九军团和军委纵队8.6万多人在第五次反"围剿"失败后被迫撤离江西中央苏区。中央红军连续突破国民党军的四道封锁线,于1934年12月进入广西境内。

13日，中革军委命令部队，"迅速脱离桂敌，西入贵州，寻求动机，以便转入北上"。15日，红军突破贵州国民党军在黔东南的防线，占领黎平。随后，中共中央政治局于18日在黎平召开会议，会议上毛泽东主张放弃原定计划，建议中央红军向黔北进军，在川黔边地区创建新苏区。最终，会议肯定了毛泽东的正确主张，改变了中央红军的前进方向，使红军暂时避免了可能的覆灭危险，也为彻底纠正"左"倾军事错误创造了条件。12月19日，中革军委根据黎平会议的决定，命令中央红军分左、中、右三路，向以遵义为中心的黔北前进。20日，中央红军开始出发，在消灭黔军一部后，进逼乌江。

乌江，因江水呈青绿色而称之为"乌江"，江面宽约200多米，水流湍急，南北两岸都是峭壁悬崖，巨石高耸，险峻异常。贵州军阀侯之担在蒋介石的指示下，在乌江北岸修筑工事，扼守天险，严密封锁江面，妄图阻止红军过江。

剧情故事

1934年10月，中国工农红军主力突破了蒋介石四道封锁线。到达川湘黔边境，准备与红二、六军团会师。

蒋介石发现红军意图后，下达全面围歼的指令，妄图将红军一举歼灭。在这危急关头，毛主席率领的红军主力决定放弃会师，主力改向贵州方向前进。

一

山路上，红一方面军先头部队正在行进，突然后方有四匹马急驰而来。

战马追到山下，张团长一勒马缰，望着山上的部队，命令身旁的司号长:"停止前进!调各营连长快来开会。"

司号长拿起军号,顿时,嘹亮的军号声在山谷中回荡,响彻云霄。

随着军号声,部队停止前进,原地休息。陈连长刚要去开会,却被三班长拦住提醒道:"连长,你可得使点劲儿!"陈连长心领神会地一笑,转身离去。

山坳里,张团长向干部们介绍当前形势和传达上级的命令。"目前情况很严重,蒋介石嫡系薛岳兵团的五十个团的主力,从我们背后追上来了。军委命令我们采取突然行动,插向敌人的薄弱环节,强渡乌江!"

张团长停顿了一下,又继续说道:"渡江后以迅雷不及掩耳之势,占领遵义、桐梓,控制黔北地区。这儿离乌江天险是二百华里,军团给我们的时间是四天,不知……"

未等张团长把话说完,干部们齐声回答道:"保证完成任务!"

秦政委见干部们斗志昂扬,信心十足,非常高兴地说:"强渡乌江,这是毛主席的英明决策,也是一个带有决定性的战略行动:如果我们按时突破乌江,就等于给中国革命开辟了一条胜利的道路。"

秦政委话音刚落,陈连长站起来说,全连要他当代表向首长请求担任渡江突击任务。

张团长哈哈一笑:"你们二连的同志都是未卜先知的诸葛亮!"接着又说:"目前主要是抢时间,你们连明天上午赶到乌江,占领江界渡口。"

乌江岸边,山峦重叠。水流湍急,涛声震天。

山间小路上,国民党参谋长坐轿而来。这时,一个军官匆匆跑来,将电报递上。国民党参谋长接过一看,脸上现出吃惊的神色,连忙把手一挥,命令轿夫:"快!快回司令部!"

国民党江防司令部里,驻守乌江的旅长正躺在床上美滋滋地抽着大烟。其参谋长推门进来:"报告旅长,侯司令来电,共军已奔乌江来了。"

旅长闻报大惊,猛一下坐起来:"什么?共军到我这儿来了?"

"是的!侯司令命令我们加倍提防,绝不能让共军渡江,等薛岳兵团到了就可围歼共军于乌江两岸。"

这时,红军先头部队正在急速前进。秦政委向过往的部队作动员:"同志们!我们已经把薛岳给甩掉了,现在我们是在和敌人抢时间,抢到时间就是胜利。"

战士们情绪高昂,更加快速地向前挺进。

国民党旅长和众军官虔诚地跪在供桌前占卦。参谋长拿着"上上大吉"的卦签,得意地大叫着说:"当年楚霸王项羽,三面被围,自刎乌江。今天共军是四面被围困,前后遭夹击,看来共军葬身乌江的命运早已注定了。"

这时,一参谋拿着电报走进来。参谋长看过电报吃惊地告诉旅长,共产党的军队离他们这儿只有四十里了。

"那就是他们走到头了!"旅长傲慢地说完,随即命令:"江南独立营,马上撤回,所有渡船全部毁掉。所有北岸部队准备战斗!"

江南岸黄家村里,火光冲天。国民党某部营长望着烈火命令:"烧!全部烧掉,不给共军留下一点东西。"

在放火的同时,这支国民党部队里的一个麻脸班长正带领士兵到处抓壮丁,贫苦渔民黄大爷的独子大发也被敌军抓住了。

黄大爷趴在地上苦苦哀求:"老总,你行行好,我家就这根独苗,你们不能抓走哇!"

麻脸班长不为所动,命令士兵,把大发拉到街上。黄大爷和黄大娘苦苦哀求着跟了出来,国民党营长举鞭就朝黄大爷抽去。

"你们不许打他!"随着话音,黄大娘扑到黄大爷面前,拦住了敌营长。

营长骂了一声"老东西！"举鞭还要打，可是手被黄大娘紧紧咬住了。营长痛得大叫一声，将黄大娘推倒，掏出手枪朝她射击。

黄大娘倒在了血泊里，黄大爷爬到她的跟前，大声喊道："他娘！他娘！"随即晕了过去。

目睹此情此景的黄大发，悲愤交加地冲上前去与敌兵拼命，终因寡不敌众，束手就擒。

江面船上，抓来的青壮年被押在船的中间，国民党士兵持枪在四周看守着。船到江心，浪涛滚滚，小船不住摇晃，船上人员乱成一团，黄大发乘机跳入江中。

麻脸班长发现黄大发跳江，大声叫道："哎呀！跑了一个！"

其营长闻声站起来，向江面望去，只见黄大发上身露出水面，奋力游着。他举枪向黄大发射击，却只徒劳地溅起几点水花。

二

此时，红军先头部队已到达黄家村，正在奋勇救火。张团长和秦政委来到黄家村，一见这种情景，立即吩咐同来的干部们，将地主的财产全部分给群众，同时组织部队帮助老乡修缮房屋。

江边，陈连长坐在一块刻有"江界渡口"的石碑下，正聚精会神地凝视着对岸。敌所有碉堡和火力点，都掩盖在迷漫的大雾之中。

"鬼天气。"陈连长气恼地骂了一句，回头看到张团长和秦政委，便请示说："雾太大，对岸敌情一点也看不清楚，是不是进行一次火力侦察？"

张团长赞同地点了点头，顺手从警卫员手里拿过枪，朝空中开了一枪。

北岸，国民党军工事内乱成一团。连长气喘吁吁地告诉营长："共军渡江了，快打吧！"营长冷冷一笑："怕什么，这是共军的火力侦察。"

南岸,红军阵地上,张团长见对岸敌人未还击,当即命令陈连长:"把你连的轻重机枪全调来一起射击,吹冲锋号!"

随着张团长的命令,红军阵地上枪声大作。对岸国民党军再也沉不住气了,营长厉声命令士兵:"打,给我打!"

听着对岸的枪声,陈连长告诉张团长:"渡口一带一枪没打。"张团长点了点头,让陈连长马上派出警戒,继续监视敌人。

直到这时,国民党军才发觉不妙,急忙喊道:"停,停止射击,我们上当啦!"敌营长话音刚落,一个勤务兵跑来,通知他和连长一起去旅部开会。

国民党江防司令部里,旅长在大发雷霆:"是谁叫开的枪?把我们的火力配备给全部暴露了!是谁叫开的枪?拉出去枪毙!"

敌营长支支吾吾地说:"报告姐夫,是……是……"

营长刚要承认,其参谋长向他一使眼色,提醒他:"是不是你部下有人私自下令开的枪?"营长马上会意,改口说:"姐夫,是……是王连长叫开的枪!"

王连长一听吓坏了,刚要分辩,旅长厉声骂道:"你这个混蛋,拉出去给我打二十军棍!娘的,幸亏渡口没有还击。"

南岸黄家村里，红军打开地主粮仓，分粮食给贫苦渔民。卫生员小刘和秦政委扛着一袋大米来到黄大爷家里。黄大爷感激地表示愿给红军带路，去打侯家军，还说他也有个儿子被侯家军抓去，现在死活不知。秦政委让黄大爷放心，红军一定设法把他儿子救回来。

黄大发从江上逃回来了，恰好碰到正在岸边值勤的罗小光，被罗小光抓住并送到团部。张团长和蔼地给黄大发倒了一碗水，望着他肩膀上的伤口关切地询问。

黄大发刚要回答，秦政委和黄大爷走了进来。黄大发激动地叫了一声："爹！"黄大爷热泪盈眶地望着儿子，连声说："这些人是咱们的救命恩人，快给恩人谢恩。"

黄大发连忙跪下，刚要叩头，被张团长一把扶起，告诉他："我们是共产党领导的队伍，是为贫苦人民办事的。"接着要罗小光领他到卫生队治疗伤口。

张团长召开营连干部会，宣布：敌兵力薄弱的渡口上游为渡江突破口，命令陈连长所在连为突击队，各连自制渡江竹筏，准备行动。

夜晚，十二名突击队员在陈连长的带领下，列队在江边待命。张团长手拿一碗酒，替他们壮行："你们是全团、全军团的突击队……乌江北岸的人民在等待着我们。你们一定要取得胜利！"

这时，罗小光跑了过来，向张团长要求参加突击队，并再三强调："我是革命战士，请组织相信我、考验我，江水再冷、再急，我都不怕，我保证完成任务！"

张团长感动地注视着罗小光，陈连长也同意地点了点头。张团长激动地将一碗酒送到罗小光面前，他接过酒一饮而尽。

为了迷惑敌人，红军战士在地上燃起了一堆堆烟火，并在竹林中有组织地运动。

江北岸，国民党方营长放下望远镜，望着南岸的烟火："想从我这儿强渡？给我火力压制。"

渡口上游的江面上，陈连长带领突击队在奋勇抢渡。这个行动很快被敌人发现了。敌旅长手持话筒告诉他的小舅子营长："你们上当了，快把部队调过去！"

南岸，张团长见敌军发现己方抢渡点，立即下令：用机枪封锁通往强渡点的唯一小道。

国民党方营长见小道被封锁，惊慌地对着手下官兵大喊："弟兄们，谁冲上去给谁四两烟土！"众人见有烟土可捞，开始冒险冲锋。

江面上，陈连长正率队拉着竹绳前进，不料竹绳被礁石阻绊，不能移动。站在阵地上的黄大发，一直在注视着江面，看到这种情景，立即脱下衣服奋不顾身地纵身跳入水中，向礁石游去。

黄大发很快游到礁石前，将竹绳挪开。陈连长一见，急忙鼓励战士们："同志们，加油，游到岸上就是胜利！"但是，由于对岸敌人火力过于猛烈，为避免过大伤亡，突击队被迫撤回。

三

国民党江防司令部正在举行"庆功宴会"。旅长得意扬扬地举杯宣布："诸位，今天是双喜临门，第一是独立营的弟兄们将偷渡的共军全部消灭。独立营营长指挥有方，特奖大洋五百、烟土三十两。这个第二嘛……这个第二是本人荣升为中将旅长，故此全旅官兵，加饷三月！"

为了突破乌江，为了解放北岸的受苦人民，红军和百姓一起在竹林里赶做渡江必需品——竹筏。

深夜的岸边，涛声震耳，突击队一切准备就绪，再次整装待发。张团长向陈连长叮嘱着："联络信号是三长两短，到对岸后马上亮手电联系。"黄大爷也在嘱咐着大发："孩子，去吧，过了江靠右边走，多加小心！"

渡江时间到了，陈连长带领部队登上竹筏，向江心划去。江面上风高浪急，由于黑暗中竹筏不易掌握，只有陈连长和黄大发等7名战士成功到达了对岸。

上岸之后，陈连长等人走进一个山洞，刚要和对岸联络，发现手电不见了。陈连长焦急地说："糟糕，手电掉在江里啦！"

战士们非常着急，有的主张先上去干掉敌人再说。陈连长沉思了一下，安慰大家说："同志们，不要着急，我们的队伍会过来的。今天晚上过不来，明天一定会过来的！"

为了找到更隐蔽的藏身处，黄大发带着几人在崖下小心翼翼地挪动着。忽然，一阵清晰的对话声从崖上传来。

一个声音说："现在风浪很大，下半夜要特别小心，别让共军钻到你们鼻子底下，你们还不知道。"另一个声音马上回答道："请营长大人放心，我这个眼睛比夜猫子的眼睛还厉害。"

陈连长等在崖下不动声色，等敌人走后，才谨慎地找到一处偏僻的山洞，隐藏起来等待时机。

四

南岸，张团长告诉秦政委："刚才师首长来电话，很关心陈连长他们七个同志。现在情况很紧急，蒋兵离这里已经很近，师首长命令我们，明天拂晓一定渡过江去。"

秦政委看了一下表，对张团长说："现在离拂晓还有四个小时，我们不能指望陈连长他们了，要做最坏的估计。我的意见，只能进行强渡！"

张团长表示赞同："我也这样想。这两天从敌人的布防情况来看，上游还是比较薄弱的，我们就从这里突破！"又告诉秦政委，"军团首长为了我们能够较顺利地渡江，派了炮兵营来支援我们。"

南岸江边，秦政委高兴地见到了及时赶来支援的炮兵营长："老方,老方,你再晚来几个小时,就只有资格打扫战场了!"

方营长边笑边说:"政委,这是贵州哇。有名的地无三里平,我们有一半时间是抬着大炮走路的。"

岸边,秦政委向部队作战前动员:"我们团是毛主席亲自建立起来的部队,过去是战无不胜,攻无不克,今天党交给我们的任务是必须打过乌江去!"

战士们听到这里,齐声高呼道:"一定打过乌江去!"

口号声刚落,秦政委又继续说道:"我们一定发扬光荣的战斗传统,发扬无产阶级硬骨头精神,坚决突破乌江,拿下遵义,让革命大踏步前进!"

嘹亮的口号声中,一只只竹筏如离弦之箭向江心驰去。

江面上,子弹、炮弹,暴雨般倾泻在竹筏附近,红军战士毫无所惧地奋勇划筏急驶。南岸,红军阵地上,随着张团长的命令,所有轻重机枪一起开火,炮弹如火舌般向对岸敌阵地卷去。

敌碉堡里,麻脸班长一把拖过机枪:"老子今天也开开杀戒!"接着便恶狠狠地向着江面射击。

张团长见此情景,立即命令方营长:"把敌人碉堡给我拔掉!"方营长答应一声刚要走,却又被张团长拉住,"等一等,怎么回事?"

对岸,国民党军的碉堡的射击孔处,伸出一面红旗,在迎风飘扬。

秦政委高兴地叫起来:"红旗,是红旗!"张团长也兴奋地说:"是陈连长他们,没错,一定是他们!"

原来,陈连长等人趁乱突袭,一举拿下了国民党的碉堡。陈连长捡起敌人的机枪,朝敌人的工事猛烈地射击。

五

红军大批竹筏已靠近岸边,战士们弃筏登岸,开始向敌滩头阵地冲击。尸体狼藉的敌工事内,敌营长仍在顽抗。

陈连长看到大部队已经上岸,高兴地说道:"王班长,你们留在这儿监视敌人。我同罗小光、黄大发绕到山顶,抄断敌人后路!"

国民党司令部里,旅长对着电话大声嚎叫道:"快把阵地给我夺回来,要不我毙了你!"接着又对参谋长说:"快把二团调过来,马上组织反击!"

敌增援部队很快上来了。南岸,秦政委立即命令方营长:"准备放弃两头打它的中间!"

方营长答应一声,随即下达射击口令:"目标正前方,敌散兵距离360,预备——放!"口令刚落,炮弹呼啸着在国民党兵群中爆炸,国民党兵顿时乱成一团。

山腰上,陈连长和罗、黄二人正在奔跑,听到炮声,罗小光欣喜地说:"连长!炮,我们的炮,敌兵又后退了!"

陈连长也高兴地说:"快,快把敌人的退路掐断!"两人答应

一声，更加快速地朝山顶奔去。

国民党司令部里，旅长急得似热锅上的蚂蚁，对着参谋长连连下令："快，快给委员长发报，要是薛岳不能准时赶到，乌江就难保了。还有，再给侯司令发个报，请求增援，越快越好。"

"是！"参谋长答应一声，刚要走，一参谋跑进来说："报告，共军从侧翼迂回，占领山头了！"旅长和参谋长一听，面如土色，相对无言。

这时，陈连长、罗小光、黄大发已经占领了山头，边朝敌人猛烈攻击边喊道："快投降吧！你们跑不了啦！"

在陈连长等人的火力压制和政治攻势下，国民党士兵纷纷放下武器，举手投降。

国民党军队营长见大势已去，趁着混乱，转身溜走。正巧陈连长三人从山上冲下，黄大发一见是敌营长，便追了过去。敌营长回头射击，黄大发机智地躲到岩石后面。恰好罗小光赶到了，忙提醒他："用手榴弹！"黄大发一听，急忙将一颗手榴弹扔出去。手榴弹爆炸，狼狈逃窜的敌营长当即丧命。

大部队源源不断渡过乌江，张团长握着陈连长的手激动地说："谢谢你们，打得很好，我一定向党委给你们请功。"

红军先头团在三天之内，机智勇敢地打败了乌江对岸的侯之担的一个旅的兵力，完成了突破乌江天险的战斗任务，保证了全军向遵义进军作战计划的实施，为中国革命开辟了一条胜利的道路。

陈连长与张团长、秦政委、黄大爷在小庙前相聚在一起，互相问好，互相致意，沉浸在欢庆胜利的幸福之中。

黄大爷对张团长说道："红军是老百姓的队伍，我没什么可报答的，你们要把我的儿子收下，让他和你们一起去打反动派吧！"红军救出的好多穷苦百姓，也都纷纷报名要求参军。

秦政委激动地望着大家说："好，好，我们欢迎你们参加自己的队伍。"随后又拿过一支枪递给黄大爷："黄大爷,穷人有了枪就不怕地主、军阀欺侮了,收下吧!"

黄大爷接过枪,激动地说:"团长、政委放心,我们一定把赤卫队搞起来。"

碧空万里,朝霞似火。英勇的红军部队辞别了送行的众位乡亲,在八一军旗的引导下,宛如一条蛟龙,向着遵义,向着全国的解放胜利进军……

影评选粹

真实感

突破乌江天险,是中国工农红军转变战略方向后的第一次硬仗。红军先头部队在三天之内以少胜多,机智勇敢地打败乌江对岸的敌人,成功突破乌江天险,保证了全军向遵义进军作战计划的实施,为中国革命开辟了一条胜利的道路。

整部作品的基调激昂慷慨,情节紧张真实,红军与强敌屡次作战,不怕牺牲,既勇敢又充满了智慧。虽然影片侧重在对战斗过程的表现,但人物形象还是很鲜明、感人的。例如黄大发和罗小光通过打架而相识的场面,突出了两人的性格特征。影片的最后,身着军装的黄大发走在红军的行列当中,使红军队伍日益壮大的印象更加深刻。

导演在这部影片中运用了各种景别,而这些不同景别的运用,向我们展示了不同视野下的空间范围,以及富有视觉节奏感的律动之美。

首先是远景的运用。影片中多处用远景表现乌江地势的险峻、江水的湍急。战争场面采用远景,则表现出战斗场面的宏观印象,突出战争的规模和气势,给观众整体上的视觉信息。

这部电影大量采用作为叙事性描写的中景。例如在影片的开头部分，宣传员在石头上写字时就运用了中景，这既交代了环境，也表现了宣传员写字时的动作以及脸上的神情，吸引着我们走入人物形象的内心世界。

近景是表现人物面部神态和情绪、刻画人物性格的主要景别。罗小光打快板时的喜悦和回忆父亲被杀害的痛苦，敌旅长得知共军直奔乌江而来的紧张，陈连长发现手电筒掉入江里的那种悔恨和自责，等等，都是通过近景表现出来的。人物形象肌肉的颤动，目光的流转，眉毛的挑皱，均被刻画得形象而又生动。黄大发一个人悄悄地离开突击队，准备着去报仇时，有一个对他脸部的特写——强烈的仇恨和小心翼翼的心境。近景特写给影片营造了一种紧张的气氛。

在运用光线造型手段时，大量地使用了侧光和前侧光，重在表现红军战士的刚毅、英勇的形象。在刻画国民党军形象时，多使用脚光、顶光、逆光、侧逆光等。如参谋长向旅长报告共军直奔乌江而来时，用了脚光和顶光；参谋长等人奉承说旅长会升官惹得旅长开心地大笑时也运用了脚光，将他的丑恶嘴脸和扭曲身躯表现得淋漓尽致。

影片的音响效果处理得恰到好处，突出了战斗场面的气氛，非常有层次感，而且对型都精准，给人以真实感。

精彩回放

深夜的岸边，突击队一切准备就绪，再次整装待发。陈连长带领部队登上竹筏，向江心划去。江面上风高浪急，由于黑暗中竹筏不易掌握，只有陈连长和黄大发等7名战士侥幸到达了对岸。上岸之后，陈连长等人走进一个山洞，刚要和对岸联络，发现手电不见了。

陈连长他们和对岸部队的唯一联系手段失去了。但是，队伍没有出现一丝的慌乱，陈连长决定先埋伏起来。

嘹亮的口号声中，一只只竹筏如离弦之箭向江心驰去。江面上，子弹、炮弹，暴雨般倾泻在竹筏附近。但红军战士毫无所惧地奋勇划筏急驶。南岸，红军阵地上，随着张团长的命令，所有轻重机枪一起开火，子弹如火舌般向对岸敌阵地卷去。就在这时，国民党反动派的一个碉堡里面伸出一面红旗。原来是陈连长他们7人发现大部队开始渡江之后，直接端掉了敌人的一个碉堡。

虽然他们几个到了对方阵地，同时和队伍失去了联系，但是他们没有自暴自弃，而是选择在河对岸等待大部队的渡河。在先头部队开始渡河时，他们冒着生命危险对着国民党反动派的阵地攻击着。他们用自己的实际行动，表现出了红军不怕牺牲、大无畏的精神。

山寨火种

> 我说呀,我们布依族再也不信神,不信虎,信毛主席,信共产党,信红军。
>
> ——韦幺叔对寨民们说

影片档案

出品:长春电影制片厂
编剧:贵阳市劳动人民文化宫厂矿业余
　　　创作组
导演:刘中明
主演:赵雅珉　方　化　王忠超

荣誉成就

20世纪70年代问世的故事片《山寨火种》一经上映，在社会上引起强烈反响和广泛关注。《大众电影》等杂志报刊纷纷发表评论文章，贵州人民出版社出版发行了同名连环画。这部电影对贵州而言更是意义非凡，这是贵州第一部彩色故事片，第一部问鼎"百花奖"的贵州电影。

影片史料

红军渡过湘江后，中央红军和中央机关人员由长征出发时的8.6万余人锐减至3万余人。博古、李德一意孤行，坚持让红军队伍到湘西去——国民党当局已经在那里集结重兵，企图把中央红军一网打尽。毛泽东则根据敌我双方的军事态势，提议中央红军放弃北上的原计划，立即西进，到敌军力量相对薄弱的贵州，去开辟新的根据地。1935年1月7日，红军渡过乌江，占领黔北重镇——遵义城。遵义会议后，中央红军在毛泽东和党中央的领导下重整旗鼓，振奋精神，积极开展军事斗争。

布依族，主要聚居在中国西南地区贵州省一带。所谓的"干人"，

是对贵州当地穷苦百姓的一种称谓。人们被苛捐杂税榨得一干二净，缺衣少穿，特别贫困，被形象地称为"干人"。红军经过布依族聚居的山区，积极组织赤卫队，开展武装斗争，打击了当地的反动土司和国民党反动派力量，在这里播撒下革命的火种。正如一首长征诗歌写的那样："绅粮（指地主豪绅）堆谷满仓，干人无米煮汤；土豪劣绅住洋房子，工人农民住烂茅棚；还有种种苛捐杂税，把工农血吸得精光。只有拥护红军打胜仗，工农才能得解放！"

剧情故事

石门寨，白府院内，香烟缭绕。一只张着血盆大口的猛虎在铁笼中不安分地来回走动着。伴随着阵阵号鼓声，巫婆迷娜撂下头帕，将脸遮住，合掌下跪在地。忽然，刺莉爹被白府家的家丁棒打鞭抽着押了进来，推倒在供桌前。院内挤满了寨民，惊恐地看着眼前的一切。土司白山魈和他的打手卜老二从后庭走了出来，站到台阶上。白山魈看着寨民们，说："寨民们，此人聚众造反，触犯天条，按布依族规矩——喂虎祭神。"

刺莉爹愤怒地怒视着白山魈。

"阿爹！"

小刺莉从大门口边喊边跑了进来，一下子扑在阿爹身上。

"刺莉！"刺莉爹努力地挣扎着。

卜老二走上前去，推开了刺莉，将刺莉爹向虎笼推去。老虎发疯似的吼叫着。

"阿爹！"小刺莉从地上爬起来哭喊着。

"刺莉！"

刺莉爹挣扎着回头，被家丁一下子推进了虎笼。

"阿爹！阿爹！阿爹！"小刺莉跑了上去，手扶住铁笼大声叫喊着。

凶残的猛虎一跃而起,一下子将刺莉爹扑倒在地。刺莉爹奋力挣扎着。猛虎张开血盆大口开始吞食刺莉爹……

悲痛的寨民惊呆了。

白山魈狰狞地狂笑着。

小刺莉手扶着铁笼,看着这一切,她的眼睛充满了仇恨。

一

十八岁的刺莉,正目光炯炯地巡视着目标。忽然一只锦鸡进入了她的视野,她迅速拉弓搭箭,发射,锦鸡中箭落了下来。牛崽从树后跑了出来,将猎物拾起。他的肩上已背满了猎物,看见刺莉走了过来,显得非常高兴。

"刺莉姐,给,你看够多了。"

"都喂虎也不够啊!"刺莉看了看猎物。

这时,山下传来了一阵人喊马嘶声,他俩警觉地向山下望去,只见身穿国民党军装的白山魈骑在马上,卜老二押着一寨民,向寨子里走去。

刺莉、牛崽气愤地看着白山魈。

"你看,白山魈又杀人祭虎啦!"

"牛崽,回家!"

"走,射虎去!"

"爷爷不让去,被白山魈抓住会砍头的。"

"不让爷爷知道。走!"

山坡上,班二公正在打石头,忽然传来了一阵号声,他急忙收拾工具,闻声赶去。当他看见刺莉、牛崽等青年正向寨子跑去时,便大声呼喊:"站住!"

刺莉他们听到喊声,停下了脚步,回过身来,看着班二公:"爷爷!"

"把号交给我!"班二公显得很威严。

"爷爷!我们报仇去!"

"不行!"班二公走上前去,"拿来!你们不能由着性子来!"

刺莉极不情愿地把号交给了班二公,并用力地折断手中的箭,气愤地说:"我阿爹阿妈被害死都十年了!"

班二公看着刺莉,语重心长地说:"孩子,这仇一定要报。可眼下不是时候啊!如今白山魈当了团长,你们这样去,不是白送死吗?"

"那什么时候才能出头啊?"牛崽忙问道。

"黑云压不住青山,天总会发亮的!"

盘山路上,中国工农红军第一方面军雄壮地向桥头行进着。欢迎红军的人们如潮水似的涌上了封乐桥头,手举小旗,高呼口号欢迎红军。

此时,团部内一片繁忙的景象。连长万刚疾步走了进来,与团长、政委一一热情地握手后,便向团长请求任务:"同志们要求最艰巨的任务。"

团长很满意万刚的回答,便向他传达上级的作战计划。三人走到地图前。

"好!万刚,我军按照毛主席的主张打,出敌不意,进军贵州,占领了遵义。为了确保党中央的安全,扩大和巩固外围,根据上级指示,你带一个侦察班立即赶到石门垭,把那里的情况侦察清楚。"

"坚决完成任务！"

"万刚啊，那里是黔军白山魈团部所在地，石门寨的布依族人民正遭受着残酷的压迫。你们要尽快把侦察的情况迅速报告给团部。"政委不无担心地说。

"是！"

在石门寨白府院里，猛虎正安静地卧在笼中。墙头上，刺莉正准备取弓搭箭，射击猛虎，却不慎将墙瓦碰落了下来。匪兵受到惊吓，举枪向刺莉射击。刺莉见势不妙，慌忙向老虎射箭，被老虎一闪而过。刺莉慌忙跳下墙，向寨外跑去。白山魈与卜老二闻声赶来，问道："怎么回事？"

"白老爷，有人射虎！"

白山魈转向卜老二："卜老二，给我抓住他！"

"跟我来！"卜老二领着匪兵向寨外追去。

在一处山崖下，无路可走的刺莉正攀着藤枝向崖壁上爬去，却被卜老二和匪兵追了上来。他们开枪打断了藤枝，刺莉"哎呀"一声摔了下来。就在这时，万刚从崖上跳了下来，开枪击毙两个匪兵。卜老二发现是红军，喊道："啊？红军，快，撤！"万刚命令停止追击，把刺莉送往了卫生队。

此时，国民党军参谋长徐占山给白山魈送来急信，命令他严守石门垭。当得知红军进寨之后，白山魈便毫不犹豫下令撤退："蒋介石那么多兵马都挡不住共军，让我拿鸡蛋碰石头。不干，撤！"

当班二公带领着乡亲们来到白府要刺莉时，白山魈却胡乱造谣，蛊惑民心，说刺莉是被红军抢走了，还扭曲事实真相，向寨民们散布谣言，说红军抓人，现在已经从江西杀进贵州，转眼就要杀进石门寨了。他还让巫婆迷娜赶快向神灵祈祷，保佑乡亲们的平安。

一旁的韦幺叔不知如何是好："天哪，共产党抓人，这可怎么办哪？乡亲们，赶快祈祷神灵，求虎神爷保佑吧！"

"什么共产党抓人，我就不信。我们这么多人没吃没穿怕什么共产党？"幺妹反驳道。

"是啊，怕什么共产党，我们不怕。"中青年应和道。

韦老幺急忙训斥青年："你们这些后生懂什么！二公啊，不怕一万就怕万一啊，快带着乡亲们逃命吧！"

"乡亲们！耳听为虚，眼见为实。韦老幺，你领着乡亲们上山去躲一躲，我这把老骨头留下来看一看他们把刺莉抢到哪去了！"班二公说服了寨民们，自己留了下来。

病房里阳光明媚，刺莉躺在病床上。她慢慢睁开了眼睛，发现自己躺在陌生的环境中。这时，万刚手拿着牛角号同医生、卫生员三人走了进来，刺莉慌忙坐了起来，很戒备地看着他们。

万刚走到刺莉身边，亲切地解释说："老乡，我们是工农红军，是穷苦人的子弟兵。"

"老乡，是万连长救了你！"一旁的医生补充道。

刺莉从连长手里接过牛角号，感激地看着大家："多谢你们啦，让我走吧！"说着便急忙下床欲走，可她身体初愈，体力不支，又昏倒了，万刚和医生忙把她扶上了床。

正在这时，团长走了进来，了解了情况后，便同万刚来到了办公室。团长的表情显得很激动："万刚，党中央政治局扩大会议已经顺利结束，毛主席又能领导我们啦！"

"太好了，团长，这正是我们全体战士的心愿啊！"

接着团长向万刚下达了任务："是啊，会议决定红军迅速北上抗日，上级给我们团的任务是控制石门坳，你们连要迅速进入石门坳，坚决执行党的民族政策，发动布依族干人为红军北上抗日扫清道路。"

"干人？"

"干人就是穷人。"

"啊，穷人，保证完成任务。"

当万刚率领红军来到寨子里时，发现寨子里一个人也没有。只有班二公躲在屋子里，静静地观察着。这时炊事班长带着几名红军战士来到了万刚身边。

"连长，同志们带的都是谷子，没有工具也脱不了米啊！"

"是啊，怎么办？"众战士应和道。

"连长，里面有工具。"一旁的杨海忙说。

"老乡不在，不能动！"说着，万刚走到战士们身边，满怀激情地说："同志们，刚进贵州市，中央纵队走进一座山寨，由于国民党反动派的造谣，老百姓把工具都藏起来了，有谷子也没法脱米，同志们都很着急，担心中央领导吃不上饭，后来，周恩来副主席想出了办法……"

"什么办法？"战士们有点迫不及待。

"和战士们一起用手搓谷子，同志们，我们……"

"我们也用手搓！"众战士应道。

"对！"

院子里，万连长与战士们用一双双手搓起了稻谷。班二公紧挨着门缝激动地看着。忽然，屋子的门开了，班二公走了出来，战士们都停止了搓米，惊奇地看着他。班二公走下台阶，来到万刚的身边，拉起万刚磨满血泡的手，说："天上出了救命星，世上有了救命人，我们布依族干人真的把你们给盼来了！"

"老人家！"万刚亲切地看着班二公。

二

山上，巫婆迷娜顺着山道跑了下来，一边嚷一边散纸钱。她风风火火地跑到韦老幺等人的面前说："乡亲们，不好啦，共军进寨啦！"牛崽向她打听班二爷和刺莉的下落。

"呀，太吓人啦，你们家进共军了，班二公，神灵保佑吧！"迷娜一副神经兮兮的样子。

听罢，牛崽奋力挥刀砍断树枝，满腔怒火地说："不救亲人便是刀下断木，走！"说完，他便带着一伙青年寨民向山梁冲了下去。迷娜看着他们远去的背影，安然地合掌闭眼。

此时，石坚、杨海等战士正在院中舂米、劈柴、挑水、缝衣服，忽然从远处传来了人喊声。接着，只见牛崽等人从竹林里跑了出来，向红军冲了过来。杨海见状，就要开枪，石坚果断地按住杨海的枪口，命令战士们隐蔽，并对寨民发表讲话。

"乡亲们，我们是工农红军，是干人的子弟兵！"

但牛崽等人不听，他们依然满腔怒火。

"把我们的人交出来！"

"交出来！"乡亲们嚷嚷着。

石坚连忙解释："我们没有抓人，班二公上山了，有话慢慢说。"

"骗人，我们刚从山上下来怎么没见着他，射他！"牛崽怒火难抑，拉弓搭箭。

"闪开！"石坚横手护住杨海。

箭射在了树上。突然，刺莉骑着马闪了出来，拔下树上的箭，向牛崽冲去。

"刺莉姐！"牛崽看见刺莉惊喜地跳下石崖，跑了过来。

刺莉跳下马，气冲冲地走到牛崽面前，一把拉住牛崽，走向石坚。

待刺莉解释一番，牛崽意识到了自己的鲁莽，羞愧地低下了头。

"班二公回来了！"外面传来了寨民的喊声。

大家闻声看去，只见班二公、万刚领着寨民们走了过来。

"爷爷！"刺莉高兴地站在二公面前。

"刺莉！"班二公向刺莉介绍说，"快来见见万连长。"

"万连长。"

"剌莉,伤都好了吗?"万刚关心地问。

"都好了。"

"爷爷,我错怪了红军!"牛崽惭愧地说。

"还不给红军赔个不是!"

"牛崽,天下干人都是一家人,要把仇记在白山魈身上。"万连长说。

"牛崽,白山魈呢?"剌莉忙问道。

"跑了。"牛崽回答。

在白府院里,剌莉怒视着笼中的猛虎,充满了仇恨,她奋力地拉弓上箭,瞄准了猛虎。这时韦老幺、迷娜匆忙赶了过来。

"剌莉,剌莉,不能射虎!"韦老幺喊道。

"神虎是保护全寨平安的,万万射不得!"

"好啊,你又来骗人,我还没找你算账呢。"牛崽愤怒地说。

剌莉松手放箭,猛虎中箭,倒在了地上。

韦老幺捂着脸:"触犯神灵,会降灾祸!"

"神灵保佑!"迷娜惊叫着。

"哼!"剌莉对此不屑一顾。她跪在地上,满面泪水,"阿爹、阿妈,冤死的乡亲们,剌莉给你们报仇了!"

这时,万刚和班二公走了进来。万刚走向虎笼看了看,又转身回到剌莉面前。

剌莉站起身来,说:"万连长、爷爷,我们报仇了!"

"光射死了老虎,还不能说你们报仇了!"万刚一本正经地说。

"这虎吃了我阿爹和那么多乡亲,怎么不算报仇?"剌莉不解地问。

万刚看着剌莉,认真地说:"这个仇不光是打死神虎,而是穷苦人与白山魈、干人对豪绅的斗争。"

"那,我就打死白山魈,给阿爹报仇!"剌莉满脸愤怒。

"干革命还不能光为自己报私仇。要消灭一切反动派,让天下的干人都得到解放……把干人都组织起来!"万刚面对着大家激动地说。

班二公应和道:"对呀,还是万连长说得有理!"

"把干人都组织起来!"刺莉大声喊道。

院子里,刺莉、牛崽等人正用簸箕、谷斗端着金黄的稻谷挨家挨户分给寨民们。院内,一片欢腾的景象。韦七嫂拿着口袋走了进来,她看着眼前分粮的情景心里非常喜悦。刺莉高兴地撮起粮食倒入罗大妈的口袋,又喜悦地撮起一些稻谷,倒入另一个口袋。当她突然抬头发现袋子的主人是韦七嫂时,又迅速从她手中夺过口袋,将粮食倒了出来。

"一粒也不给你!"

"什么?"韦七嫂的笑容顿时不见了。

"金鸡麻雀不是一个样,你男人为白山魈做事,哼!还想分粮!"刺莉一副不依不饶的样子。

韦七嫂使劲地咬住嘴唇,显得十分为难,眼泪也掉了下来,便转身跑开了。一旁的万刚看到后,便向班二公询问韦七嫂的情况。当他得知韦七嫂的男人是被白山魈抓去的,家里没吃没穿,还有个刚会走路的孩子时,便毫不犹豫地说:"这样的人也要分粮。"

韦七嫂家里,虎生大声哭喊着:"阿妈,我饿,我饿!"

韦七嫂抱着虎生,泪水夺眶而出:"等一会儿妈妈给你做饭吃。"

这时,牛崽拎着米袋走了进来:"分给你粮!"说完,撂下米袋走了。

韦七嫂急忙打开米袋,虎生抓起生稻谷大口大口地吃了起来。

由于虎生吃了生稻谷,很快便得了急性病,他脸色蜡黄地倒在七嫂的怀里。韦老幺为了救自己的独苗孙子,便请来了巫婆迷娜作法。在韦老幺、七嫂和寨民们的苦苦哀求下,迷娜让他们都退粮敬虎神，还要去神岩烧香摆供，祈求神灵，这样才能救虎生。

万刚得知这个情况后，马上派石坚带卫生员去救孩子，他自己则匆匆赶往神岩。

神岩前摆着供桌，香烟飘渺。神岩下，迷娜正在供桌前招魂，退粮敬虎的人也随着迷娜叩拜。突然，一声枪响，神岩虎头怪石挂着的黄布落地，迷娜被吓得龟缩成一团，台下跪拜的寨民也吓得四散躲开。这时，刺莉冲了出来，抓住迷娜。

"狗巫婆，你破坏分粮，我饶不了你！牛崽，把她捆起来！"

牛崽和中青年们把迷娜捆了起来，推下台阶。

这时，韦老幺冲过来，要求刺莉把迷娜放了。刺莉强烈不从，说："幺叔，迷娜破坏分粮，不能放。带走！"便继续让牛崽把迷娜带走。

韦老幺气得发抖，可牛崽依然寸步不让。双方纷纷拔出了腰刀，步步逼近。

"把刀放下！"突然，万刚冲了出来，他转向刺莉，"刺莉，把迷娜放了！"

"什么？"

"不能抓！"

刺莉惊异地看着万刚，把腰刀一插转身跑去。两名青年走了过来，给迷娜解开了绳子。迷娜走到万刚跟前，用挑衅的眼神看着万刚。

"是啊，我早就听说过红军是尊重民族风俗的。再说，这个事也不是我包办的。"

"这件事我们还要调查,红军尊重民族风俗,但不许捣乱!"万刚严厉地说。

万刚走近韦老幺,告诉他已经给他的孙子看病去了。蹲在地上的韦老幺惊喜地站起,看了看神岩,又摇了下头,心神不安地走去。万刚转过头看下神岩,又走到韦老幺跟前,亲切地说:"神虎能治病吗?你们世世代代信神虎,可神虎为什么不保佑你们穿上遮肉的好衣,为什么不保佑你们不挨白山魈的鞭打呢?"

"万连长……"韦老幺激动地握住了万刚的手。

万刚走向寨民,接着说:"天下干人是一家,我们要在共产党和毛主席的领导下,团结起来消灭白山魈、国民党反动派!"

韦姓寨民们认真地听着,纷纷收起了腰刀。

"只有这样,才能取得全民族的解放!"说完,他又走近韦老幺,"韦幺叔,回去看看你的孙子去,走!"

回到家后,韦幺叔看到孙子的病好了,高兴地向刺莉认了错。他双手捧起口袋中的白米,两眼满含热泪。

"我说呀,我们布依族再也不信神,不信虎,信毛主席,信共产党,信红军。"韦幺叔对寨民们说。

群众高兴地鼓起掌来。

刺莉看着这一切,心潮起伏。忽然她从怀中掏出标语,无限深情地说:"老人们,伯叔兄弟们,我们把这个标语写到神岩上,让它世世代代留在我们布依族的心坎上。"

群众们热烈地鼓掌。

在写着"红军万岁"的神岩下,全寨群众和赤卫队员们欢呼着,跳跃着。随后,万刚向赤卫队员们发了枪,并且任命刺莉为石门赤卫队队长,牛崽为副队长。

三

大庙里，国民党徐参谋长给白山魈送来了委任状，提升他为上校旅长。为帮助白山魈收复石门，徐参谋长还送来汉阳造快枪三百支，轻机枪三挺，迫击炮两门，弹药一百箱，并特赠一把中正剑，剑上刻着"不成功则成仁，蒋中正赠"。

白山魈看完剑，趁机请徐参谋长帮助他收复石门寨，并命令卜副官下令集合，准备攻打石门。徐参谋长忙制止："白兄，共军用兵变化莫测，我们应该谨慎为上。"

"依你之见？"

"先让卜副官带少数弟兄把共军引下垭口，然后设下包围圈，把他们一网打尽！"

"哎呀，座参真是高见哪！"

山坡下，卜老二发现了刺莉和她的队员们，便命令机枪手射击。刺莉他们被猛烈的射击压在岩石后面。但他们依然顽强地对敌人进行反击，几个敌人中弹倒地。刺莉的子弹很快就打光了，战士们也纷纷报告没子弹了。卜老二眯着眼看了看，命令停止射击："二排长，告诉弟兄们，从左翼包抄，抓活的！"

匪兵们蜂拥着冲了上来，刺莉怒视着山下的敌人，拔出腰刀，准备拼杀。

这时，万刚带领着红军冲了过来。刺莉发现了红军，非常兴奋。突然，匪排长举枪向刺莉瞄准，一旁的杨海立马转头急叫："刺莉！"同时，用自己的身体遮挡了过来。

"杨海！"刺莉尖叫道。

子弹打进了杨海的胸膛，鲜血顿时流了出来。他单手举起枪向匪排长射击，匪排长中弹倒地。刺莉扶住杨海，万刚、牛崽上前抱住杨海。

杨海倒在万刚的怀里，他脸色苍白，呼吸困难。他缓缓地睁开了眼,看着万刚:"连长……我……我不能和你们……一起战斗了……就把我埋在石门寨吧……"

杨海壮烈牺牲了,战士们都低头沉痛地悼念着他。

刺莉悲痛欲绝,她迈着沉重的步子走到万刚跟前,交出了牛角号,说:"万连长,我错了,我不配当队长。"

万刚接过牛角号,对刺莉深切地说:"在敌强我弱的形势下,红军能够战胜敌人,是按照毛主席的主张打出来的,而不是硬拼。"他走近刺莉,把牛角号交给了刺莉,继续说:"你们要取得革命胜利,牛角号就一定要按照毛主席的口号去吹啊,我们要执行新的任务去了,你们赤卫队要和白山魈斗争下去,一定很艰苦,但只要灵活机动,坚持斗争,就一定能胜利!""我一定记住这个血的教训,和白山魈斗争到底!"刺莉下定了决心。

四

当白山魈得知红军都走了,很高兴,说:"祖上有灵,保佑子孙平安返寨。"于是,他便带领匪兵又回到了石门寨。当他看到神岩上写着"红军万岁"四个大字时,便咬牙切齿地问道:"这是谁写的?"

"除了刺莉还有谁?"巫婆迷娜煽动道。

"把寨民都给我抓来,让他们铲除赤标!铲除赤标!"

"是!"卜老二应道。

没过多久,卜老二便把全寨的男女老少都押到了神岩下。为了劝寨民们去铲除赤标,白山魈装出一副慈悲的样子。

"父老乡亲,神岩是我们布依族保福消灾之灵台……我为了敬奉神灵,保寨平安,望大家人人动手,铲除赤标。"

"快铲赤标!"卜老二举着鞭子吆喝寨民。

卜老二从人群中将韦老幺一把揪了出来,并狠狠地抽了他一鞭。

七嫂急忙来拉老幺，但一下子就被卜老二推开了。卜老二正欲举鞭再打，被白山魈上前喝住了。

"卜老二，都是同寨乡亲，何必这样呢？放手。"他又转向韦老幺，一脸笑容地说："韦老幺，你是寨上长者，要给后生们做个样子啊！"

韦老幺自顾抽烟，不予理睬。

"韦老幺！"

韦老幺看着烟枪，想着对策。

"你到底铲不铲？"白山魈走近韦老幺，威胁道。

"呸！瞎了你的狗眼！"韦老幺气愤地朝白山魈的脸上啐了一口唾沫。

白山魈吓得连连后退，他一边掏出手帕擦脸，一边命令卜老二："给我打！"

皮鞭狠狠地抽打在韦老幺的脸上，他的脸上立马现出一道深深的血痕。他用手中的烟杆向卜老二用力刺去，卜老二躲开了。白山魈举起枪向韦老幺开了一枪。韦老幺中弹倒下。韦七嫂与寨民们扑了上来，大声痛哭。

在山上的密林中，刺莉和众赤卫队员们焦急地商量着解救乡亲们的办法。最后，决定由班二公去铲赤标，营救寨民们。

神岩前，白山魈正疯狂地威逼寨民们去铲赤标："都给我听着，再不动手铲标语，我第二次鸣枪，就把你们都枪毙了！"

匪兵们架好机枪，对准了寨民们。

"有铲的没有？"

"有！"班二公突然出现。

"二公！"寨民们担心地看着。

"我来铲，你把乡亲们都放了。"班二公从肩上摘下竹篓，取出工具，扔在地上。

123

"好，让他们都走吧！"白山魈命令道，又对班二公威胁道："你要连夜铲掉标语，要是有半点差错，可别怪我白某人不认人！"

"你就等着瞧吧！"班二公巧妙地回答道。

第二天，白山魈来到神岩前，发现班二公把"红军万岁"的标语深深地刻在了岩石上，他怒气冲天地喝道："姓班的，你搞什么鬼？"

班二公一笑，转身又去刻字。

白山魈向班二公开了一枪，班二公的手腕中弹。

班二公猛然回头，他眼里射出仇恨的目光："你想把红军从干人心中铲掉，办不到！"说着，一步步走下台阶，向白山魈逼来，将手中的铁锤砸向白山魈。

白山魈躲了过去。匪兵一拥而上，抓住了二公。卜老二恶狠狠地要毙二公，白山魈连忙制止。

"不，想办法把那个野丫头调下山，让徐参谋长来看看！"

正当刺莉和赤卫队员们焦急万分的时候，春生等赤卫队员们活捉了徐参谋和他的副官。于是，机智勇敢的刺莉便以徐参谋为人质，将班二公成功救了出来。

白山魈气得咬牙切齿："不抓住这个野丫头我死不瞑目！"

"行了，当前之急是防备共军！"徐参谋长提醒道。

"共军？共军不是早跑没影了吗？"白山魈感到很意外。

"不，共军的行动变化莫测。前几天，他们又渡过赤水河，形势吃紧。师座命令你严守石门垭。"

"那你说怎么办？"

"眼下要立即抢修工事。"

"好！"

五

赤卫队驻地，刺莉、班二公与队员们正在分析敌情。

"白山魈正在赶修工事。"剌莉说。

"他们害怕我们了？"幺妹说。

"对，他怕我们揍他！"

"暴雨来临起大风呀！"班二公祈祷道。

"红军回来了，红军回来了！"忽然一名队员跑了过来，叫喊道。

剌莉、班二公、牛崽和其他队员们纷纷跑了过去。

"万连长，你们可回来了！"剌莉紧紧握住万刚的手。

"剌莉！二公！"万刚激动地说。

"乡亲们盼你们，大山都望平了！"班二公风趣地说。

为了了解到垭口火力部署情况，在剌莉的带领下，万刚向韦七嫂家走去。此时，韦七背着枪刚从外面回来，七嫂误认为韦七还在为白山魈卖命，便与他吵了起来。

"你这个没良心的贼，你亲爹被白山魈杀了，你还给他们运枪炮，你……"还未说完，突然有人敲门，七嫂去开门，韦七躲了起来。

"七嫂。"剌莉走了进来。

"剌莉，快进来！"七嫂忙说。

"万连长来了！"

七嫂把万连长拉了进来。剌莉走向韦七，向万连长介绍道："万连长，他就是韦七！"

就这样，万刚从韦七的口中了解到了垭口的火力部署情况，并让韦七混进敌军中，一切听从红军的指挥。

经过一番商讨，最后，万刚做出决定，利用布依族正月十五玩跳花，把白山魈和他的主力部队引下山垭，一网打尽。

在垭口的花坡上，寨民们正在匪班长的监视下修工事。忽然，春生、幺妹、虎妹等人从树后闪出，扛着青铜鼓跑到花坡一角。一姑娘点起了熊熊火焰。班二公把系着红绸的牛角号交给了剌莉，剌莉走上前，吹响了牛角号。寨民们听到号声，都穿着漂亮的衣服兴高采烈地从四面八方走到花坡来。大家都尽情地舞着、唱着。修工事的人们也放下手上的活，向花坡跑去。

在敌人的碉楼里，白山魈、徐参谋长在两位副官的陪同下正在吃饭，当匪班长报告说民夫不修工事都玩上跳花时，白山魈不屑一顾。

不一会儿，匪班长又慌忙跑了进来。

"旅长，刺莉他们把弟兄们的枪给缴了！把工事也给拆了！"

"白兄，工事被拆，危及垭口，师座怪罪怎么办？"徐参谋长质问白山魈。

白山魈气得咬牙切齿，命令下山。

垭口外的树丛中，万刚机警地观察着。韦七乘机用枪托将一匪兵打倒，打开铁丝网门，万刚跑来与他握手。全体红军战士都向垭口涌了过来。

万刚、通讯员跑进碉堡，将孙副官、徐参谋长击毙。他们登上碉堡，匪兵投降。

白山魈气势汹汹地冲到群众中，寻找刺莉。刺莉看着白山魈的行动。几个赤卫队员过来把刺莉挡住。白山魈走到班二公身前，夺下鼓锤，向天鸣枪。寨民停止了跳舞，抽出腰刀，逼近匪兵，匪兵也持枪逼近群众。白山魈看着全体端枪的匪兵，刚要说话，忽然，卜老二慌忙跑来报告："旅长，旅长，垭口起火了！"

"上当了，撤！"白山魈失魂落魄，带着匪兵狼狈地撤向垭口。

冲锋号响起，红军大部队蜂拥着向垭下冲去。在一阵阵猛烈的机枪声和炮声中，匪兵纷纷倒下。白山魈狼狈地指挥着匪兵负隅顽抗："给我冲！卜老二，给我顶住，给我顶住！"

一阵机枪声，卜老二双手捂脸倒下。迷娜被吓得捂着脸逃走了。

"给我顶住！"白山魈狼狈逃窜，匪兵纷纷倒下。

刺莉、万刚等战士与赤卫队员冲下山崖，向着白山魈逃跑的方向紧紧追去。

白山魈在独木桥上急走着。刺莉拉弓搭箭，向白山魈射去。白山魈中箭，掉下山涧。

刺莉、牛崽、万刚、石坚无比兴奋。这时，团长、政委走了过来，万刚把刺莉、二公、牛崽介绍给他们："报告团长，这是班二公，这是刺莉。"

"团长！政委！"刺莉、牛崽、班二公齐声叫道。

"石门赤卫队干得好啊！多谢你们啦！"团长热情地说。

"是红军把我们心里的火种点燃起来了。"班二公说。

"我们要把它燃烧得更亮！"刺莉说。

"必要的时候，还得把它埋在心里呀。我们走了以后，你们的斗争会很艰苦，你们要坚持到底！"团长语重心长地启发大家。

"团长、政委，你们放心吧！火种埋得越深，燃起来就越旺！"刺莉明白了团长的话，激情饱满地说。

影评选粹

少数民族题材·象征

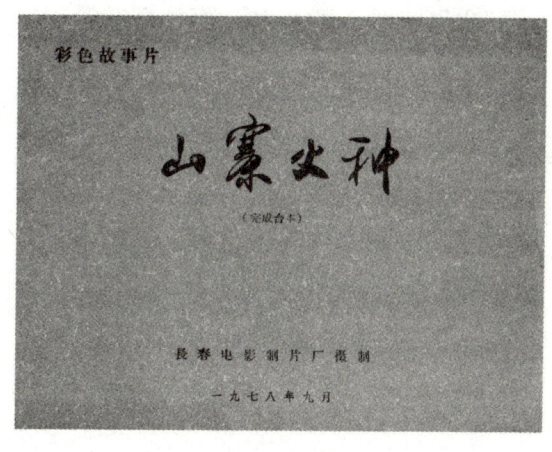

这部电影取材于贵州省布依族地区的革命斗争生活。它真实地描绘了红军经过贵州时，布依族人民在中国共产党及其领导的红军的影响下掀起的革命斗争的生活画面，具有浓郁的少数民族特色和地方风情。

作品用简练、生动的故事情节和饱含

深意的细节，有力地告诉我们："山寨火种"的火，是伟大的中国共产党和毛主席点起来的，这火种是长征途中的红军播下的。刺莉射伤神虎，被白山魈的狗腿子卜老二带兵追逼到绝崖下，正走投无路的时刻，是红军在千钧一发之际帮助了她，救援她；是红军连长万刚启发了刺莉的阶级觉悟，帮助布依族干人拿起战斗的武器；是红军用革命的道理和自己的模范行动，点燃了石门寨的燎原怒火。

长征是宣言书，长征是播种机。红军长征广泛深入地宣传了马列主义的阶级斗争学说，一路之上播下了漫山遍野的革命火种。电影的编创者以这象征性的火种，形象化地表达了作品的主题，给人以深刻的教育和启示。

精彩回放

《山寨火种》的结尾有这样一组镜头：牛角号声响亮，漫山火把辉煌，石门寨的布依族干人们，在红军的配合下，勇猛冲进敌群，打垮了伪保安团，消灭了白山魈。凯歌飞扬，火光闪耀，苦难深重的石门寨第一次获得了解放。

从艺术构思看，这里出现的火，安排得十分得体，它不仅呼应了"山寨火种"的片名，而且富有深刻寓意。这里的火，是布依族劳苦大众开展革命斗争的烈火，是各族人民盼望了几千年的求解放的光明之火。

祁连山的回声

小山子，菜儿她要我捎话给你，她说她不能照顾你了，希望你好好为革命尽力。

——吴姐与田林诀别那刻，吴姐吐露出未婚妻菜儿的一腔柔情

影片档案

出品：八一电影制片厂
编剧：李茂林　张勇手　张凤雏
导演：张勇手
主演：倪　萍　王宝坤　张　潮

影片史料

中国工农红军第四方面军的第五军、第九军、第三十军和方面军总部，按照中革军委的命令，先后西渡黄河，准备执行宁夏战役计划。1936年11月中旬，根据中共中央和中革军委的命令，中国工农红军第四方面军西渡黄河的部队改称"西路军"。1937年3月，西路军向西行进至甘肃中西部地区，在与军阀马步芳部队作战中遭到失败，大部分牺牲。

剧情故事

一

1936年秋，雄伟的祁连山银峰闪烁、风声飒飒，广阔的戈壁一望无垠。远处，浩瀚的沙漠上，红军战士和妇女团艰难地行进着。这是一支妇女武装，她们的称号是"中国工农红军第四方面军妇女独立团"。

中国工农红军第一、第二、第四方面军在甘肃会宁胜利会师后，红军一部为打通国际交通线，西渡黄河出师河西走廊。四方面军渡河以后，连克数城，取得很大胜利，被命名为"西路军。"

后来，因为国内形势发生了急剧变化，敌人又调集了数万马匪军，对西路军进行了残酷的围追堵截。红军

战士经数月近百次的浴血奋战，终因寡不敌众，处于极其危险的境地。

中国工农红军第四方面军妇女独立团就在这个队伍中。她们这些年轻的女战士，也经历了极其严酷的考验。

现在，她们将要穿过浩瀚的沙漠，去完成艰巨的任务。政委秋菊拉着骆驼，骆驼上载着羊妹和毛头。忽然，一列男红军急匆匆地跑来，挡住了妇女团的去路。团长吴姐、政委秋菊、营长蛮妞等女红军都停下来观望。

忽然，吴姐发现了男红军中的赵师长。赵师长骑马过来，问："吴团长，你们接到转移的命令没有？"吴姐回说："接到了，我们正按总部的指示转移。赵师长，前面的情况到底怎么样？"

赵师长严肃地说："情况很严重，我们奉命阻击敌人。你们要赶快随主力进入祁连山。"吴姐回答："是！"接着，她让毛头叫爸爸，毛头害羞地看着赵师长，赵师长怜爱地亲了一下他的脸。

秋菊望着赵师长，赵师长对她说："你和孩子多保重啊。"吴姐看着这一家三口，难过地低下了头。随后，赵师长毅然策马奔去。

妇女团继续前行，此时已是黑夜。吴姐、蛮妞、桑吉措、妙姑都疲惫地走着，她们有的推着木轮车，有的搀扶着伤员，有的身负重伤被别人背着。行军的疲劳让小羊妹边走边睡着了。

女兵们走得实在是累极了，便中途坐下来休息。大家聊天的时候，团长吴姐骑马从山里飞驰而来，她走到秋菊身边，秋菊焦急地问："跟大部队联系上了吗？"

吴姐回答："没有，他们已经进山了。"接着，吴姐问秋菊："赵师长他们的阻击战进行得怎么样了？"秋菊摇了摇头，表示不容乐观。她们心情沉重地向赵师长所在的方向望去。

吴姐提议和赵师长他们一起撤，但被秋菊否决了。她决定让大家立即出发。于是，女兵们又相互搀扶着出发，向山口走去。

二

　　燃烧着的残垣断壁中，五名红军战士从火里冲杀出来，他们骑在马上，其中的田林不时地回头望去。远处，几名马匪挥刀追来。田林等五名红军战士边跑边射击，马匪相继中弹落马。

　　战士们继续向前跑，结果，两名红军战士被马匪的枪击中，之后又死在了敌人的屠刀之下。田林策马拼命地跑着，终于遇见了行进中的妇女团。田林急促地冲她们喊："等一等。"秋菊、吴姐辨别了一下，发现是自己人，让大家停了下来。

　　马背上的田林无力地摔下马来，众姐妹赶忙围了过去。吴姐说："同志，有什么情况你就说吧，这儿只有我们了。"田林喘着粗气说："你们要赶快离开这里。青海、宁夏的马匪都来了。敌人太多了，我们师完了，我们师长他……"田林泣不成声，低下头去。

　　秋菊呆滞地望着他，蛮妞、桑吉措等女战士都望着她们的政委。不懂事的毛头跑过来，嘴里喊着妈妈，秋菊抱起毛头，非常难过地走开了。

　　由于疲劳过度，田林昏了过去。吴姐说："一营长，快，把他扶下去，检查一下伤情，然后让他追上大部队。"蛮妞一边答应着，一边和姐妹们一起扶田林往后边走去。

　　随后，吴姐走向秋菊。秋菊抱着毛头，忍受着巨大的悲痛。众姐妹都难过地看着她，吴姐也哭泣着。秋菊转过脸来对吴姐说："现在不是哭的时候，目前的情况相当严重，主力部队刚转移不久，马匪会很快扑向这里，吴团长，我们妇女团将面临强大的敌人。"

　　吴姐戴上帽子转身面向女兵们，对她们说："姐妹们，我们妇女团不能继续前进了，只有留下来。利用这有利的山口，用我们的全部力量，把敌人堵在这，哪怕咱们能坚持一天，也会给主力争取时间的。"

　　众姐妹马上行动起来，有的上山，有的推木轮车，各自做着战

前的准备工作。吴姐指挥几个女兵构筑工事,把木轮车放在两块巨石中间。其他的女兵也在不停地忙碌着,搬石头、背弹药箱、捆扎手榴弹。就连小毛头也抱着一块石头,参加紧张的构筑工事的劳动。

看着大家忙碌的情景,妙姑问:"营长,他们男的都没顶住,咱们女的能行吗?"正在干活的秋菊思考着妙姑的话,"咱们女的能行吗?"她想:是啊,绝不能让敌人发现我们是女的。

秋菊从红十字卫生包里取出一把剪刀,毫不犹豫地剪掉了自己的秀发。众女兵都围过来,惊讶地看着秋菊。吴姐理解了政委的意图,向团旗走去。吴姐对秋菊说:"政委,来,我也剪,剪得像男子汉一样。"众女兵听了之后都围了过来,纷纷要求剪掉头发。

看着大家剪下来的头发散落在地上,曾经是尼姑的妙姑惊恐地看着大家。她忽然忆起过去:妇女团团歌响起,着尼姑服的妙姑砍柴下山，听到歌声向山下望去。

> 姐妹们，扛起枪，扛起枪。
> 挣脱锁链上战场，勇敢上战场。
> 参加红军，多荣耀，
> 为了工农得解放。
> 姐妹们，扛起枪，
> 挣脱锁链上战场，勇敢上战场。
> 誓死保卫苏维埃，
> 永远跟着共产党。

吴姐和众女兵在湍急的溪水中嬉戏、洗头发，妙姑羡慕地望着她们。淘气的羊妹悄悄来到妙姑身边，抢走了她的军帽，说："大家快来看，看小秃头。"妙姑非常委屈地望着羊妹。

吴姐正在洗头，听到羊妹的声音，赶过来从羊妹的手中拿过军帽，给妙姑戴在头上，说："来，别哭啦。"妙姑感激地望着团长。

回忆完了之后，妙姑手拿剪刀正想剪头发，被秋菊拦住了。秋菊说："你的就不剪了，让它长得长长的。"吴姐也表示赞同。

这时，一女兵来报告说有情况，吴姐让大家赶快进入阵地，众女兵各自走向战斗岗位。马匪从远处向这边走来，他们挥舞着战刀，越过一个个沟壑。这边的女战士们严阵以待。

吴姐做着战前鼓动工作，最后，她掏出手枪，准备战斗。透过木车轮，可以看见马匪向妇女独立团的阵地冲来。大家聚精会神地注视着敌人。吴姐一声令下，说："打！"蛮妞等姐妹们开始向敌人射击。

一个手榴弹在敌人队伍中爆炸，马匪被炸得抱头鼠窜，四处奔逃，很多马匪中弹落马。这边女战士中也有中弹倒下的，但是姐妹们并没有退缩，接连拉响了手榴弹，敌匪被炸得人仰马翻。

田林被救后一直昏迷不醒，照看他的羊妹一筹莫展。这时，小毛头跑过来，嚷着要尿尿。妙姑灵机一动，说："我听师傅说过，童子尿能救急，快拿碗来。"羊妹把尿喂进田林嘴里，最终，田林有了一丝生气。

经过激烈的战斗，众女兵终于打退了敌人，大家欢欣鼓舞。几个女兵小心翼翼地翻动敌人的尸体，从他们身上搜集到很多子弹和手榴弹。

田林醒了，他要求加入到妇女团中，和众女兵一起战斗。秋菊最终同意了他的请求，说："好吧，欢迎你留下来，和我们一起战斗。"田林非常高兴地回答说："是！"

身体康复的田林给妇女团修电台，可一直修不好，他十分丧气地说："要是报务员不牺牲，那该多好，怎么没打死我？"吴姐听了很生气，说："这是什么话，你能把电台背回来，就很不容易了。"

吴姐站起身，停了一会儿又问："哎，你叫什么名字？"田林回答："特务连战士田林。"吴姐若有所思，她不自觉地向田林望过去。田林不解地看着吴姐，吴姐不好意思地走开了。

吴姐给田林安排了任务，让他照顾伤员和毛头。田林立马拒绝了，并和吴姐争执起来。田林说："我田林虽然是个战士，可我不是孬种，我从大别山跑出来参加了红军……"吴姐一听到大别山，愣住了。

田林接着说："我告诉你吧，吴团长，我是杀了我们那的地主老财才从家乡逃出来的。不过，我撇下了老母亲，还有个没见过面的媳妇菜儿。"吴姐听着，目不转睛地看着田林。

最后，田林还是服从了吴姐的安排，担任起了照顾伤员和毛头的任务。回来以后，吴姐拿出手镯，开始回忆起往事：一群团丁用皮鞭抽打一个小姑娘，团丁头子指着小姑娘骂道："你男人杀了我们老爷,还当了红军,打,给我往死里打!"

一位老大娘跑过来,用自己的身体护住小姑娘,说:"孩子,你走吧,快走吧。"小姑娘走了几步,又返身回来。老大娘说:"菜儿,走吧,找小山子去吧。"小姑娘恋恋不舍地离开,向远处走去。

吴姐从回忆中醒来,收起镯子,轻轻地舒了口气。秋菊看出吴姐有心事,就询问她怎么了。吴姐把手镯拿出来,说:"大姐,田林他……就是我给你说过的小山子。"秋菊接过手镯,很是惊喜。吴姐决定,等打完仗就与田林相认。

三

天边出现鱼肚白色,祁连山的轮廓清晰可辨,茫茫戈壁里有两个女人走动着,她们是蛮妞和桑吉措。蛮妞说:"过了那条沟,要是没什么情况,咱们就回去。"桑吉措点了点头。接着,蛮妞坚定地说:"要是遇到什么情况你就往回跑,我来掩护你。团长和政委正等着我们的消息呢。"

听了这句话,桑吉措勉强地点了点头。蛮妞向四周观察着,不料,一排密集的子弹向她们射来,二人赶快趴下。蛮妞慌张地说:"戈壁有敌人,你赶快往回跑,我来掩护你。"桑吉措从山上滚了下来。

蛮妞开枪射击,一群敌人从远处沟里冒出来,向蛮妞围过来说:"快点,快点,抓活的!"蛮妞继续向敌人开枪,发现自己的子弹没有了。这时,敌人团团围住了蛮妞,并把她捆起来带走了。

桑吉措痛苦地捶着头,拿起枪继续往前跑。最后,她气喘吁吁地从坡上滑了下来,终于爬回了阵地。桑吉措向吴姐她们报告了戈壁的情况,吴姐问蛮妞在哪儿,桑吉措痛苦地抽泣起来。

这时,敌人的炮兵在打炮,炸弹在女兵阵地上爆炸,几名女兵中弹倒下。等到阵地上的烟尘慢慢消散之后,吴姐对秋菊说:"戈壁有敌人,蛮妞没回来。"秋菊思考了一下,说:"不行就往西,进沙漠。"吴姐表示赞同。

一字排开的敌骑兵慢慢地向山口里走来,女兵们警惕地注视着敌人。突然,缓慢前进的敌骑兵停下来,从中间闪开一条通道。两名马匪拖着一个人,从马队的后面向前走来。透过马腿,可以看见蛮妞趴在地上。

女兵们睁大眼睛使劲辨认着地上的人。在确定是蛮妞后,田林和桑吉措欲冲出去,秋菊阻止他们说:"冷静点,别上当。"

两马匪停下,放下绳子。蛮妞抬头向山上望去。战士们拿着武器都想冲出去,吴姐解释说:"都回去,这是敌人的诡计。"众女兵都心急如焚。桑吉措看到这种情况,毅然捆好手榴弹,纵马向敌人冲去。大家急忙站起来喊:"桑吉措!"

桑吉措奔跑着,蛮妞认出了是她。桑吉措拉响了手榴弹的导火索,快接近蛮妞时,桑吉措翻身跳下马,弹马冲向敌群,手榴弹在敌群中爆炸。她向蛮妞身边爬去,嘴里呼喊着:"营长!"

一个马匪举起枪来射击,桑吉措倒在地上。田林再也按耐不住激愤的情绪,说:"闪开。"一下子冲出掩体,女兵们一起跟田林冲出阵地。秋菊冲出阵地,去追赶田林。就在这时,敌人的炮兵向妇女团的阵地打炮。

田林端着冲锋枪朝敌人射去,秋菊大声喊:"田林,回来!"田林回过头来说:"政委,你就别管我了。"这时,秋菊不幸中弹,她用手捂住伤口,欲要倒下。田林向秋菊跑去,将政委抱起,哭喊着:"政委,政委。"

吴姐焦急地望着,忽然急中生智,说:"一排跟我来。"吴姐带着女兵向山上冲去。在高处的山坡,吴姐喊:"打!"众女兵将仇恨的子弹射向敌人。山下的马匪被打得人仰马翻,乱作一团。匪首喊:"撤,快撤!"众马匪慌忙撤走。

吴姐和女兵们松了一口气。吴姐说:"一排长,快把蛮妞和桑

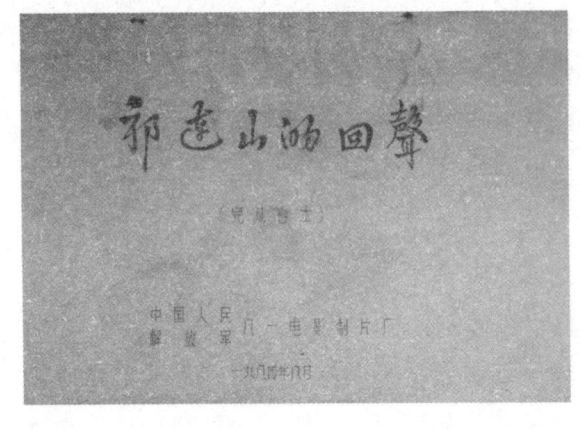

吉措救回来,我去看看政委。"一排长回答:"是!"这时,田林抱着政委摇摇晃晃地走来,吴姐急忙奔跑过去。

这时,秋菊已奄奄一息了,吴姐扑向她,大声喊:"政委,政委。"田林抱着小毛头,不知所措地看着吴姐。吴姐盯着他说:"放下孩子,解下武器。"

田林知道自己的过错是严重的,并且是无可挽回的,他只得服从命令,拿下冲锋枪,摘下军帽。接着,田林向秋菊深深地鞠了一躬,转身向纵深走去。

吴姐气愤地看着田林,众女兵都纷纷跪下给田林求情。吴姐难过地转过身去,推上枪保险。田林呆立在那里,回过头来,等待着。吴姐痛苦地不知道该怎么办。

众女兵围着蛮妞,有的给蛮妞喂水,有的给蛮妞披大衣。吴姐走过来,看着蛮妞。吴姐伸手想解开蛮妞的衣扣,蛮妞摇头不让团长看她的伤口,她无限悲怆地说:"桑吉措……"团长含着热泪,明白了蛮妞的意思。

羊妹和众女兵突然跑过来,羊妹焦急地说:"团长,不好了,妙姑逃跑了。"吴姐淡定地说:"要走的都可以走,留下的准备牺牲。"

妙姑跑到一块大石旁停下,猛地发现前面有个东西,吓得她往后退。那是一堆牛骨架。妙姑舒了一口气,靠在石头上进入回忆。

妙姑回响起吴姐给她戴军帽的情景,也想起了秋菊教她和羊妹识字,还有毛头、羊妹可爱的脸。妙姑想着想着,返身向回跑去。

回来以后，妙姑换上了军装，难为情地看着吴姐。忽然她走向吴姐，趴在她的肩膀上哭泣着说："团长，我……"吴姐安慰她说："好了，别哭了。"

妇女团召开党的会议，蛮妞、羊妹等围坐在一起。田林抱着毛头也坐在里面。吴姐宣布桑吉措和羊妹同志的入党问题。蛮妞等人都推举桑吉措为党员，表示愿意当桑吉措的入党介绍人。大家都举起了手，表示同意。最后，桑吉措和羊妹的入党申请都获得了通过。

吴姐说："羊妹同志，从现在起，你就是中国共产党的一个党员了，祝贺你！"羊妹非常激动，大家也都纷纷向她表示祝贺。接着，吴姐心情沉重地说："同志们，我们已经胜利地完成了掩护任务，敌人始终也没搞清我们的实力，不过，我们减员很多，弹药基本上没有了……"

蛮妞、羊妹、田林等都认真地听着。吴姐接着说："可是敌人已死死地咬住我们，撤进祁连山肯定会给主力带来威胁，目前我们只有进入沙漠，把敌人拖得远远的。"大家纷纷表示同意。

吴姐命令田林带着小毛头和妙姑进入祁连山，田林面露难色。众女兵纷纷说："叫她走，她还跑过呢。"吴姐说："是的，妙姑动摇过、逃跑过。可是大家不要忘了，她曾是一个信佛的。能在这样艰苦的环境里，和我们一起战斗，已经很不容易了。我们应该让她出去，让她看到胜利后的明天。"大家表示同意。

外面突然传来爆炸声，妙姑跑进来，哭着说："团长，伤员同志为了不连累我们……"她说不下去了，哭着趴在吴姐肩上。众女兵都悲痛地抱在一起。吴姐推开妙姑，冲向土屋。看到坍塌的土屋后，吴姐无力地靠在石头上。

四

大家都来送小毛头了，每个女兵都依依不舍地看着毛头。羊妹还磨了一把石锁送给毛头，她高兴地说："听说，小子带上它，可以长命百岁。"

妙姑心里很不好受。妙姑来到蛮妞身边说："蛮姐姐，你是营长，你就替我跟团长说说吧，我不走，我要和你们一起留下来。"蛮妞回答说："不行啊妙姑，党的决定是不能改变的，你们的任务也很艰巨，不管遇到多大的困难，也要把这孩子带出去。"妙姑哭泣着点点头。

田林与吴姐一边走着，一边交谈。田林想留下来和大家一起战斗，但吴姐没有答应他的请求，而是掏出一个小本子交给田林，说："这是会议记录还有党员的名单，把它交给组织，知道吗？"田林点头称是。吴姐握住田林的手说："你的小名是叫小山子吗？"

田林很疑惑，说："你怎么知道？"吴姐回答说："是菜儿告诉我的。我们在一个队伍上。"田林一阵惊喜，说："她也参加了红军？她现在在哪？"吴姐支吾着说："她……她牺牲了。"接着，她掏出了镯子，"这是她留下的。"

田林看着妈妈送给菜儿的手镯，感慨万千。吴姐悲凉地说："菜儿跟我说，她有一个好婆婆，可惜的是她没尽过什么孝心就走了，她对不住老人家。小山子，菜儿她要我捎话给你，她说她不能照顾你了，希望你好好为革命尽力。"田林痛苦地低下头。

吴姐坚定地说："田林同志，你们面前的困难还很多，毛头和妙姑就全托付给你了，你们一路上多保重。田林望着吴姐，泪流满面。吴姐忍受着永别的痛苦，也止不住地流下了眼泪。

吴姐将佛珠给毛头戴在脖子上，说："毛头，叫我一声妈妈。"毛头甜甜地叫了一声妈妈。吴姐点头答应着，一把将毛头搂进怀里。接着，吴姐将毛头交给田林，说："田林，妙姑同志，我们都看着你们，希望你们一定能胜利到达目的地。"田林望着吴姐，难过地低下头。

田林、妙姑给团长敬了一个礼，转身向纵深走去。吴姐深情地望着他们。众女兵围了上来，说："团长！"吴姐坚定地说："准备出发吧！"

　　浩瀚的沙海上，妇女团顶着狂风，艰难地行进着。吴姐搀扶着蛮妞往前走，羊妹摔倒了，一女兵扶起她，继续前进。妇女团走下沙坡。不料，远处沙丘后边冒出一群马匪。马匪在寻找红军的去处，却没想碰了个正着，匪首说："追上去！"

　　女战士们依然艰难地行走着，吴姐发现了什么，松开拉着蛮妞的手，向前望去。马匪从远处的沙丘上冒出来，正在一步步向她们逼近。

　　吴姐走向姐妹们，深情地望着每一个战士。忽然，蛮妞端起机枪，对准了姐妹们。吴姐惊疑地说："蛮妞，你干什么？"蛮妞回说："团长，我们女的决不能当俘虏啊！"吴姐转头向姐妹们望去，蛮妞接着说："团长，开枪吧，向我们开枪吧。"众姐妹也央求着。

　　看着姐妹们一张张刚毅的脸，吴姐闭上眼睛。身后，马匪继续向沙丘走来，嘴里说着："抓活的，别开枪！"吴姐见情况危急，便端起机枪，走向姐妹们，说："姐妹们，大家靠近我。"

　　马匪一惊，站住不走了。众姐妹紧紧地围着团长。这时，吴姐将仇恨的子弹射向敌人。匪首中弹后狂喊："开枪，妈的，快开枪。"敌人的子弹打中了吴姐，她强挺着身体，拉响了怀里的手榴弹。随着一声巨大的爆炸声，沙丘上浓烟滚滚，染成了黑色。远处响起了一个孩子的呼唤："妈妈！"

影评选粹

　　《祁连山的回声》这部电影虽然是一部战争影片，却没有过多地表现战斗过程，仅在影片开篇时运用了一组马匪追击红军战士的镜头，真实地将苍茫寂远的河西走廊展现在观众面前，同时喻示了彼时敌强我弱、敌众我寡的残酷战争形势。影片之所以没有过多地表现战斗过程，是需要在战争的背景下留出更大的空间来塑造人物，通过人物的悲欢离合展现时代的不幸。

导演张勇手将整个战争影片的基调定为悲壮，通过战争片写人写情。关于本片的基调和风格，他曾这样说过：

> 由于主题的严肃、内容的悲壮，这就决定了该片是具有悲剧色彩的正剧，是一曲悲壮的颂歌。虽然人物绝大多数结局是不幸的，但决不是悲惨的，而是壮烈的，因此牢牢把握壮烈的基调，是拍好《祁》片的关键。这部战争片是写人写情的，因此拟以散文写真的抒情手法来拍摄，它的风格就是：自然、真实、质朴、浑厚。希望银幕上看到的，是此时此地正在发生的事，是事态发生的本身，而不是对它的描绘……

战争是残酷的，陷入战火中的人却是有情的。影片中这些年轻美丽的女战士们面对时代的悲剧时，没有自怨自艾，而是为命运奋起抗争。她们结局的不幸为影片增加了浓重的悲剧色彩，但是，影片自始至终留给观众的是悲壮，而不是悲惨。导演希望观众可以通过美被毁灭的叙事层面去发掘更深邃的含义，思考战争与人、战争与历史等许多问题。从这一点来看，影片无疑是成功的。

精彩回放

影片最感人的一幕就是吴姐和田林诀别的描写，具有很大的感染魅力，既写情又写理，情理并茂，而且相互交融。

田林与吴姐一边走着，一边交谈。田林想留下来和大家一起战斗，但吴姐没有答应他的请求，而是掏出一个小本子交给田林，说："这是会议记录，还有党员的名单，把它交给组织，知道吗？"田林点头称是。吴姐握住田林的手说："你的小名是叫小山子吗？"

田林很疑惑，说："你怎么知道？"吴姐回答说："是菜儿告诉我的。我们在一个队伍上。"田林一阵惊喜，说："她也参加了红军？她现在在哪？"吴姐支吾着说："她……她牺牲了。"接着，她掏出了镯子，"这是她留下的。"

田林看着妈妈送给菜儿的手镯，感慨万千。吴姐悲凉地说："菜儿跟我说，她有一个好婆婆，可惜的是她没尽过什么孝心就走了，她对不住老人家。小山子，菜儿她要我捎话给你，她说她不能照顾你了，希望你好好为革命尽力。"田林痛苦地低下头。

身为团长的吴姐，她这时从心底里倾吐出来的，分明是作为未婚妻菜儿的一腔柔情！吴姐面对近在咫尺的心上人，却采用了这种"第三者"的间接感情表达方式，始终未向田林道破她和他的未婚夫妻关系。这样的诀别使得电影得到了升华，充分表现出了革命的人情美和崇高的党性美，深深地激动人心，引人共鸣，具有较大的艺术感染魅力。

梅岭星火

南国烽烟正十年，此头须向国门悬。后死诸君多努力，捷报飞来当纸钱。
——影片中陈毅写的"遗诗"

影片档案

出品：珠江电影制片厂
编剧：绍　武　会　林
导演：卢　珏
主演：刘锡田　章　杰　朱建民

影片史料

1934年10月初,中央红军主力开始战略转移,中共中央决定在中央苏区成立中共中央分局、中华苏维埃共和国中央政府办事处和中央军区,项英任中央分局书记、中央军区司令员兼政治委员,陈毅任中央政治办事处主任,统一领导中央苏区及闽浙赣苏区的斗争;留下红24师和部分独立团及地方部队,共1.6万余人,另有伤病员3万余人,在苏区坚持斗争。

面对中央苏区面临的困难,苏区中央分局根据中共中央的指示精神,迅速改编组织形式,从正规战、阵地战改变为游击战:占领山地,灵活机动地进行伏击袭击,以求出奇制胜。1935年3月,陈毅等率领从中央苏区突围的红24师和独立第6团等部余部来到赣粤边油山地区和梅岭。赣粤边地区的红军游击队化整为零,分成多则十余人、少则三五人的武装工作组,以游击战的形式不断打击国民党"清剿"军,同时深入群众宣传革命。

梅岭,即五岭之一的大庾岭,地处江西、广东交界。这里山势

磅礴高耸，树木遮天蔽日，山中多洞，且洞洞相连，游击部队在此便于隐蔽，保存实力。

剧情故事

一

1933 — 1934年，蒋介石对中央苏区发动第五次"围剿"。红军经过一年的奋战，未能打破敌人的"围剿"，被迫放弃中央根据地，开始长征。浩浩荡荡的队伍蜿蜒着通向北方，消失在雷雨交加的夜雾中。

主力红军撤离后，根据地被敌人重重包围。会阳城战斗激烈，伤亡惨重，但留守下来的红军战士不畏强敌，英勇作战。不过，由于敌我力量悬殊，红军还是陷入了危险境地。前线指挥员拿着话筒急切地呼叫："政委，敌人又开始进攻了……我们的人越来越少啦！"

军区政委杜清不分青红皂白，在电话里命令战士们坚决顶住，他马上把主力师调上去。参谋长袁震听到后忧心忡忡，想上前阻拦，杜清却冲他摆了摆手，毅然坚持自己的意见。袁震无奈，转身离开了指挥部。

袁震来到陈毅的病房，请他拿主意。陈毅军长是袁震的老上级，由于坚决抵制王明的"左"倾机会主义错误，腿部负伤的他被王明亲自点名，离开红军主力，留在了中央根据地。袁震向病床上的陈毅告急："政委要把主力师调上去，死守阵地。"

陈毅听后，愣了一下："那就会败得更惨！"袁震更着急了，说："我们手里只有十几个团，敌人比我们多十倍！"陈毅再也坐不住了，披上衣服，命令道："告诉杜清，要实行战略转变，准备上山打游击！"

袁震心急如焚地说："杜清很固执，根本不听上级指示，整天喊着要以胜利迎接主力回师江西。"听到这里,陈毅猛地转过身来:"放屁,败就败了,硬不承认,自欺欺人!"说完,陈毅拄着拐在屋内心事重重地踱来踱去。

这时,罗老爹和甜水走了进来,陈毅忙迎了上去,握住了老爹的手。老爹关切地询问着陈毅的病情,并把梅岭乡亲们的思念之情转达给他。陈毅一边让老爹坐下,一边笑着说:"我也想你们啊!我们又要上梅岭打游击啦!"听到这里,罗老爹高兴地拍着大腿说:"欢迎,欢迎,我们都盼你来呀!"

甜水一直很安静,没有说话。陈毅走到她的身边,问起纪才的近况。甜水顿时僵住了,想说什么,却始终没有说出来。陈毅很惊讶,转过身问罗老爹:"怎么回事?老爹,你的女婿怎么啦?"

罗老爹叹了口气,说:"女婿没有了,离了婚啦!"陈毅大吃一惊。甜水解释说并不是他们主动离的,而是组织的决定,杜清把她的丈夫打成了右派。陈毅说这是胡搅,接着问她丈夫的下落。罗老爹无奈地说:"先是蹲禁闭,后来罚他到前线抬担架,一年多没音讯了……"

会阳城下,硝烟弥漫的战场上,一面被炮火打烂的红旗,在山口高地上迎风飘扬着。纪才正顶着"右倾分子"的帽子,在战火硝烟之中穿梭,他竭尽全力地抢救伤员,已经把个人的荣辱和生死置之度外。

战壕内外,硝烟滚滚,一片焦土上横七竖八地躺着牺牲的红军战士。纪才一直没有休息,马不停蹄地抢救奄奄一息的战友们。他跟跟跄跄地走过来,想要抱起满身血污的指导员,但被指导员拒绝了。

身负重伤的指导员悲伤地说:"只剩了我一个人了,仗不能这么打,这会把我们的人都打光的!"说着,指导员掏出一个小本子匆匆写着什么,写完后递给纪才:"请你代表我们全营烈士,把条子交给陈毅军长。"得知陈毅军长并没有随红军主力去长征，纪才欣喜万分。

陈毅得知主力师快打光了，再也坐不住了，他扔掉拐杖，一瘸一拐地冲进杜清的办公室，语重心长地劝他赶快实行战略转变，若不转变，就只有灭亡。杜清却不以为然，他拿出捷报来给陈毅看，得意地说："会阳保卫战告捷，歼敌一个旅。"

陈毅气愤到了极点，没等杜清说完话，他就一把抢过"捷报"说："你知道吗？我们唯一的主力师快打光了！你们已经葬送了一个中央根据地，还想把我们留下的火种全都葬送掉？"说着，把那所谓的"捷报"扔到火堆里，付之一炬。

杜清气得浑身发抖，他指着陈毅吼道："你这是反党，反王明同志！"陈毅也激动异常，说："对你们那个王明，我就是反对！我们好不容易搞了这么一块根据地。你们一来，自称百分之百正确，结果呢，第五次反围剿是百分之百的失败！"杜清气得脸色都变了，却也无可奈何。袁震在旁边鄙夷地看着他。

丛莽掩蔽下的敌军指挥所里，敌侦察处长钱治国将一份情报呈给中将总指挥莫子雄。莫子雄看完之后大吃一惊："怎么，陈毅没走？真是冤家路窄，又碰上了他。"莫子雄思索了一会儿，接着命令道："传我的命令：南北拉网，全线进攻，一定要全歼共军，活捉陈毅，也该让他尝尝我莫子雄的厉害！"

敌人向革命根据地发起了全面进攻。很快，东西两线的敌人包抄过来，杜清急得团团转，陈毅也皱起了眉头，苦苦思索着对策。经过激烈的思想斗争，杜清终于下定决心转移。但陈毅担心转移后，留下的大批伤员和群众无法安置，一时犹豫不决。

宣传部长江海跑过来说："领导机关的安全是最重要的，领导机关完了，一切都完了！"陈毅暴怒异常："就是完蛋，也不能把伤员、群众扔下不管。"杜清顿时没了主意，颓然地望着地面。最后，他终于抬起头,恳切地说:"老陈,你来指挥吧!"

陈毅思忖片刻,点了点头:"好,听我的!"陈毅转向袁震,下达了命令,让他立即占领制高点,掩护群众转移。袁震高兴地回答:"是!"转身去执行命令了。

伤员们听到转移的消息后都怨艾难平。陈毅走过来,心情沉重地对他们说:"我们失败了,但是,革命没有完,革命的火种还在,革命的高潮一定会来到。现在是最困难的时候,部队没有能力带你们走,只好把你们留在老乡家中养伤,等形势好转了再来接你们。"

乡亲们纷纷涌过来,陈毅言辞恳切地请求乡亲们收留下伤员,乡亲们齐声说道:"有我们在,就有他们在,放心吧!"看到老乡们一张张质朴善良的脸,陈毅心中很是感动,他放心地离开了。

二

一个环境清幽的院子里,莫子雄兴高采烈地向记者讲着什么。一天前这里还是红军医院,现在变成了莫子雄的指挥部。他向一群中外记者宣布道:"中华苏维埃共和国彻底灭亡了!"一个记者询问陈毅是否逃跑了。莫子雄胸有成竹地说陈毅跑不了。

为了活捉陈毅,敌人展开了大规模的搜捕。大街小巷贴满了通缉陈毅的告示,这个告示引起了一个头戴斗笠的人的注意,他驻足观看着。不远处,地主王老狗正在向敌侦察处长钱治国告密。王老狗说他看见了陈毅的白马。这时,戴斗笠的人匆匆离开了。

王老狗带领敌人摸进了竹林,忽然听到一声马叫。只见一个头戴斗笠的人驾着一匹白马,在敌人面前飞驰而去。钱治国赶紧带兵追去。不一会儿,戴斗笠的人来到了江边,略一迟疑,随后纵马向江心冲去。

这个人不是别人,正是被杜清打为右派的纪才。他刚渡过江,正想上岸,却不幸被一颗子弹击中,他忍痛继续驱马前进,逃出了敌人的魔掌。

陈毅率领着红军队伍艰难地突出重围。此时,他们攀登着崇山峻岭,疲劳、饥饿和失败的情绪一同袭来,深深折磨着每一位战士。陈毅看到这番情景,忧心忡忡。

现在,陈毅领导的部队只剩下一个连,但他并没有悲观,而是鼓励着每一个人。

陈毅仰望着层峦叠嶂的梅岭,回想起了当年:"有一次毛委员派我来发动群众,我搞了一万多人,编了两个军,可毛委员只让我当了一个军长!"大家都被陈毅诙谐的话语逗笑了,沉闷的氛围顿时活跃起来。

这时,罗老爹和甜水从山上下来,他们带回不幸的消息:梅镇被莫子雄占领了,区委的同志全都牺牲了。陈毅恨得咬牙切齿,表示一定要好好收拾他们。

昏迷的纪才被大白马驮了回来。甜水见状一头扑过去,急切地呼唤着他的名字。纪才终于醒了过来。看到陈军长后,他掏出指导员写的纸条给陈毅,纸条上显示全营的同志都牺牲了。陈毅和杜清沉痛地低下头去。

纪才苦苦哀求陈毅收下他,陈毅非常激动,拉着他的手,说:"我们一块儿上山去!"杜清这时才知道自己太刚愎自用了,害了全营的战士,他惭愧地低下了头。

白马长嘶一声,呼啸而过,蹄声铿锵,泥浆飞溅。罗老爹叼着

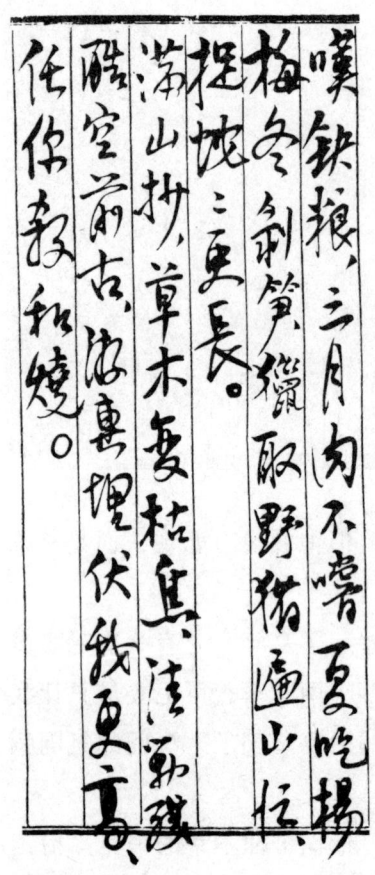

烟袋赞叹道："真是匹好马。"陈毅爱抚地拍打着马头说："要打游击了，它也成了包袱。"警卫员小卫看出了陈毅的意思，他央求陈毅留下这匹马。但陈毅怕连累了战士们，执意要把大白马送走。陈毅和小卫牵着大白马向山林深处走来，大白马好像知道怎么回事一样，伤感地叫了两声，用嘴蹭着主人的手。

小卫流着眼泪恳求陈军长留下大白马，陈毅抬头向四周打量着，喃喃地说："放开它，让它自己找生活去吧，记住这个地方，将来有机会来看看它。"大白马像一道闪电，跃上山岭，冲出峡谷，穿过森林，沿着江岸向下游奔去。

由于地下组织被破坏，陈毅决定派甜水下山，把交通站重新建立起来。临走之前，甜水不放心纪才，一而再再而三地叮嘱纪才小心身子。纪才也嘱咐着甜水说："这次下去你千万要小心，白狗子猖狂得很！"甜水偎在纪才怀里，让他放心。

陈毅和罗老爹来送甜水下山了。陈毅怕甜水担心纪才，安慰她说："纪才有老爹照顾，你放心吧。希望你尽快把交通站搞起来，这是我们的生命线，今后全靠它了！"甜水轻声答应着，挽着小竹篮，快步向山下走去。

纪才目送着甜水，感觉自己连累她了，眼里充满了泪水。陈毅忙过来安慰他，还送给他一首诗。这首诗写道："二十年来是与非，一生系得几安危。莫道浮云终蔽日，严冬过后绽春蕾。"

三

莫子雄的马队涌上梅镇街头，街上到处是国民党军车、辎重和马匹。莫子雄骑着战马率部来到梅岭坳口，查看着地形。身后的参谋长指着前面的远山，告诉莫子雄最高的那座山是帽子峰。莫子雄沉吟了片刻，用马鞭指着这片深山老林说："在这种地方剿匪，最头疼的是'民贼合一'。一定要把民心拉拢过来。"说着，莫子雄向参谋长下了命令："告诫全军将士，乱杀乱抢的行为要收敛一下，蒋委员长说过，'三分军事，七分政治'，这句话很有道理。"

黄口村头，联保主任王老狗正在气势汹汹地训斥村民们，他仗势欺人，狐假虎威。只见他阴阳怪气地说道："钱老太爷盼咐了，欠一斗还两斗，拿一斤还两斤，限期五天！实在还不起的，可以拿老婆、妹子来抵债！"

这时，莫子雄骑着马过来，接过王老狗的话，满脸堆笑地对群众说："父老兄弟姐妹们，我们是来帮你们清除匪祸的。如今只剩下陈毅几个共匪，很快就会被消灭，如果有人胆敢通匪，一经查出，全家同诛。只要你们安分守己，我可以向钱老太爷求个情，请他宽限一下。"

群众们默不作声，莫子雄的话刺痛着在场的每一个人。王老狗简直不敢相信自己的耳朵，他在一旁急得直跺脚。莫子雄训斥道："蠢才，不能只顾弄钱，要收买人心！"说完，他大摇大摆地离开了。

地下交通员甜水一直为打不开群众局面而焦急，她把这一情况汇报给了陈毅。陈毅猛然想起村子后面的老房东祥子夫妇。于是，深夜时分，陈毅和甜水拜访了祥子家。陈毅轻声说道："我是陈毅，特意下山来看你，开门吧！"

谁知，祥子一下吹灭了灯，夫妻俩听出是陈毅军长的声音，还是迟疑着不敢开门。陈毅失望地离开了。到了山上,他无比沉痛地说:"我们不仅失掉了一个苏区,还失去了群众,我们把局面弄成了这个样子,能不让乡亲们寒心?"

敌人越来越猖狂了。一天,王老狗闯到祥子家逼租。祥子还不起租,王老狗就让有几分姿色的贞妹抵租。几个五大三粗的团丁涌上来,硬把贞妹拉出了家门。就这样,贞妹连同许多年轻妇女被王老狗强抢了,即将被卖到广东去。

甜水把这一情报送到山上,大家气愤到了极点。陈毅动了杀掉王老狗的念头。杜清却不同意,他迟疑着说:"我们兵不满百,怎么打?搞不好会把敌人引进山来……现在顶要紧的是保存火种!"

陈毅骂杜清是败军之将,只是消极地躲在山里,不发动群众,谈什么保存火种。杜清无可反驳,但还是说"要考虑一下后果"。陈毅突然把脸转过来说:"后果就是告诉群众,我们还在战斗!"

山间驿道上,王老狗挥着手杖,像驱赶牲口一样驱赶着反绑双手的年轻妇女们。山上,早已准备多时的袁震掏出枪来,瞄准了王老狗。陈毅与杜清在宿营地对弈。听到远处的枪声,杜清显得很不安,陈毅却若无其事地让他继续下棋。

枪声变得密集起来,陈毅扔下棋子,让小卫拿来纸笔。陈毅手执一支浓浓的墨笔在白纸上有力地写着:"逼租逼债者杀!"最后那个"杀"字气势磅礴,横扫千军。就在陈毅挥笔书写的时候,驿道上的战士们收拾了押队的团丁,妇女们得救了。王老狗也被袁震枪毙了。王老狗的尸体旁,贴着陈军长为他写好的标语。

梅镇的街头巷尾贴满了陈毅的标语。老地主钱仁寿怒气冲冲地走进来,把一大叠标语摔在了桌子上。莫子雄悻悻然地说:"陈毅的亲笔,字倒写得不错。我早就说了,要争取民心,民心!"

这时,敌参谋长闯进了屋子,对莫子雄说:"总座,南京来电!"说着,他打开电文读道:"汝身负重任,征剿多年,何以梅岭匪祸有增无减？望速谋良军，根绝残匪。蒋中正。"听完后，莫子雄不安地踱来踱去，片刻，他大声说："命令各部，包围梅岭，搜索前进！"

山林中，战士们在布满荆棘的山路上艰难地行走着，他们的目的地是帽子峰。远处，隐隐约约传来敌人的枪声。这时，江海发起了牢骚，他怪军长总是刺激敌人，惹得敌人整天追击着他们不放，还旁敲侧击地责怪杜清没有主心骨，什么事都听军长的。

杜清感慨万千地说："他还是有些道理的。他对人还不错，有时也争得面红耳赤，可从不整人。"见杜清说到这个份上，江海感觉无趣，闷着头走了。

游击队扛着缴获的物资到达大梅关前休息。关高风疾，两边峭壁耸立。峭壁上挂着几株梅花，傲枝凌寒，繁花似锦，还散发着淡淡的清香。

陈毅仰望着梅花，兴致勃勃地说："这里就是大梅关，冬天，百花凋零，只有这里，漫山遍野开满梅花，好看得很哩！"大家感慨无限，好像盛开的梅花，傲霜斗雪，展现无限的气魄。

黎明时分，大家决定启程，向着帽子峰进发。就在这时，不幸发生了，纪才的窝棚里传出哭声："纪才，纪才！"纪才静静地躺在担架上，双目紧闭，罗老爹悲痛欲绝地哭喊着。杜清心情沉重地展开一件旧军衣，盖在了纪才的头上。

四

帽子峰下，山林死一般的寂静。大家思虑重重，陈毅心中疑窦丛生："莫子雄为什么按兵不动？"忽然，小卫从丛莽中狂奔过来，手里拿着一份报纸说："西安事变！蒋介石被张学良抓住了！"

地主钱仁寿和豪绅们坐不住了，他们急得像热锅上的蚂蚁。钱仁寿说："委员长西安蒙难，万一有个三长两短……"这时，莫子雄却兴高采烈地走过来说："有个好消息奉告：蒋委员长已经脱险，安抵南京。"众劣绅立刻眉开眼笑,连呼"阿弥陀佛"。

莫子雄得意地说:"南京来电,要我部火速行动,彻底消灭游击队,战斗部署已全部就绪!"很快,莫子雄派钱治国进山对游击队进行搜索。敌人都穿上了便衣,在密林深处抓到了江海。江海最终断了脊梁,沦为国民党反动派的走狗。他偷偷带领着敌人向帽子峰靠过来。

杜清知道后,恨不能把江海杀掉。陈毅低头沉思,良久,他对杜清说:"这里不能掩蔽了。既然莫子雄倾巢而出,亲自上山,那我们就下山!"大家听到"下山"两个字,都惊喜万分,露出了久违的笑容。

陈毅接着分析说:"我们乘机绕到梅镇后面,袭击莫子雄的总兵站吴桥!要紧的是通知甜水,弄清吴桥的情况……至于下山嘛,这就要请教罗老爷了!"战士们在罗老爷的指引下,来到一条下山的秘密小道。大家沿陡峭的石壁坠绳而下,敏捷地隐没在山谷密林之中。

在下山的路上,陈毅的伤痛发作了。小卫赶上来帮忙,小心翼

翼地把陈毅的脓血挤净。陈毅如释重负,他感到自己越来越离不开小卫了。

一天,甜水匆匆来到祥子家,把一封密信交给贞妹,并嘱咐她赶快交到陈军长手里。贞妹毅然接受了这个任务,表示绝不负重托。贞妹手挽竹篮,顺着山路迅速地走着。突然,从树丛后窜出几个人,拦住了她的去路。

钱治国打量着贞妹说:"一个人走路,不害怕吗?"贞妹镇定地回答:"我妈病了,晚了就怕看不见了……"钱治国命令手下搜身。搜完之后,敌人一无所获。暴怒的钱治国将贞妹吊在了树上,贞妹被打得死去活来。

见贞妹还是一声不吭,钱治国揪住她的头发吼道:"你说,是不是共产党的交通员?"贞妹死不承认。钱治国被彻底激怒了,他兽性大发,点燃火柴,烧着了贞妹的头发。

满脸烧伤的贞妹已经陷入昏迷,她躺在担架上被人抬到了陈毅的面前。贞妹睁开双眼,颤抖着从嘴里掏出一个锡纸团,递给了陈毅。陈毅看完之后,下了命令:"用最快的速度赶到吴桥,主动出击。"

敌人的枪声由远而近,不时传到洞中。陈毅依然兴致勃勃地在山洞里和杜清下着围棋。他一边下棋,一边坦然地说:"你别看莫子雄气势汹汹,好像要一口吃掉我们。我看,局势很快会变,到头来,蒋介石还是要被迫抗日的。形势比人强呵!"

突然,一梭子子弹扫进来,显然敌人发现了这个洞口。陈毅和杜清立刻警觉地注视着。匪兵只是制造声势,临走在洞口放了把火。陈毅感觉洞里不安全了,急忙敦促杜清和警卫员先撤,自己和小卫跟在后面。

不料,在下山的途中,敌人发现了陈毅。一颗颗子弹扫过来,小卫不幸后背中弹。两个受伤的人互相扶持着,跌跌撞撞,一头钻进了茅草丛。霎时间,敌人包围了草地。一个匪兵端着枪,扯着脖子喊:"出来吧,你们跑不了啦!"

见没有什么动静,钱治国一挥手,咬牙切齿地说:"放火,看他往哪里跑!"大火迅速燃着了草梢,形成了一个巨大的火的幔帐。陈毅和小卫四处突围,却难以脱身,完全陷于火海之中。

陈毅急中生智,命令小卫砍草。"得开出块空地来,把火隔离开!"陈毅坚定地说。两个人拼命砍着草,陈毅没有工具,就用手拔,用脚踩。浓烟呛得两个人喘不开气。陈毅筋疲力尽,一头栽倒在地。

他努力睁开双眼,对小卫说:"我们不能都死在这里。你年轻,快跑吧!"小卫猛摇着头说:"不!我不离开你!"说着,转身挥臂猛砍,背上的鲜血渗出来,把衣服染得通红。

埋伏在吴桥城外山头上的战士们,向梅岭这边望来,发现浓烟滚滚,火势凶猛。大家焦急万分,纷纷要求去救陈军长。袁震皱着眉头,紧张思索着,最后下了决心:"提前出击!我们打得越狠,敌人在梅岭撤得就越快!"

梅岭这边,小卫终于支撑不下去了,昏倒在地上。陈毅急切地呼唤着他。只见他的嘴唇翕动了几下,没有说出一句话,就离开了人世。

陈毅悲痛欲绝,他默默地放下小卫的尸体,仰望长空,像雕像一样威武庄严。陈毅从容地拿出纸笔,写下了遗诗:"南国烽烟正十年,此头须向国门悬。后死诸君多努力,捷报飞来当纸钱。"

游击战士们终于拿下了吴桥,他们匆匆向梅岭这边奔来。只见眼前一片焦土,还有一丝余烬冒着轻烟。最后,战士们在一个土堆旁发现了军长。袁震张开双臂,一头扑上去,两个人紧紧拥抱,哽咽着说不出话来。

在战士们面前,陈毅默默地摘下军帽,垂首肃立,为小卫默哀。四周悄然无息,只有战士们的唏嘘啜泣之声。

卢沟桥事变后,中国进入了国共合作、全面抗日的历史新时期。

陈毅奉命率领部队撤离梅岭山区，准备奔赴抗日战场。此时，身着红军军装的陈毅端坐在马上，受到群众们的热烈欢送。

陈毅跳下马与乡亲们一一握手道别。"莫道浮云终蔽日，严冬过后绽春蕾。"陈毅和他的战友扬鞭催马，告别了这个让他铭记一生的梅岭山区。

影评选粹

真实感

本片中，导演成功地把握住了影片中的历史真实性和电影艺术性的完美结合。导演为了使得电影达到保留真实的历史，同时增加电影的戏剧性，在影片开头增加了一个序幕和解说。开章明义，讲清历史年代和革命形势，用旁白交代了1934年第五次反"围剿"的失败，主力红军被迫开始进行长征。这是一个历史转折，也是关键，一切情节都是从这里产生的。开门见山的讲述方式，让观众先有个历史概念，然后展开戏剧冲突。导演更好地将历史还原，很大程度上提高了影片的可信性。

通常，在故事片中常出现虚构的故事情节。然而，本片中的主要情节是真事，但虚构的事件也是不少，如果处理不当，扩大虚构部分，就会弄成四不像，既失去历史片的真实感，又达不到虚构故事片的戏剧效果。最终导演决定把明显的虚构削减，把合理的可信的虚构适当地加以渲染。这种做法在影片中表现得很成功，不仅丰富了人物，还不失历史真实感。

精彩回放

白马长嘶一声，呼啸而过，蹄声铿锵，泥浆飞溅。罗老爹叼着

烟袋赞叹道："真是匹好马。"陈毅爱抚地拍打着马头说："要打游击了，它也成了包袱。"警卫员小卫看出了陈毅的意思，他央求陈毅留下这匹马。但陈毅怕连累了战士们，执意要把大白马送走。陈毅和小卫牵着大白马向山林深处走去，大白马好像知道怎么回事一样，伤感地叫了两声，用嘴蹭着主人的手。

小卫流着眼泪恳求陈军长留下大白马，陈毅抬头向四周打量着，喃喃地说："放开它，让它自己找生活去吧，记住这个地方，将来有机会来看看它。"

《梅岭星火》中客观符合逻辑地表现出人物陈毅在游击战斗中的决绝，丰满了人物的性格。